Béatrice Rieussec

ON EST BIEN PEU DE CHOSE

Nouvelles

© Rémanence, 2018

Collection Parenthèses

Couverture et mise en pages : www.mapicha.fr

Photo en couverture © Shutterstock

ISBN 979-10-93552-74-3

« Si j'écris un jour, je voudrais tracer ainsi quelques mots au pinceau sur un grand fond de silence. »

Etty Hillesum, *Une vie bouleversée*

LE BOUQUET

C'est vrai que je ne me suis pas fichu d'elle! Le fleuriste m'a vu venir. Je suis arrivé plein d'assurance, genre celui qui s'y connaît en langage des fleurs. Tu parles!

La boutique s'appelle «Rouge Passion», je pense que j'y suis entré grâce à ce message subliminal. Une fois dedans, j'ai été submergé par des senteurs sucrées et entêtantes. J'étais sur le point de battre en retraite lorsque le vendeur m'a accroché.

«Monsieur...? Vous cherchez quelque chose en particulier? C'est pour offrir?»

J'ai bredouillé en hochant vaguement la tête.

«C'est pour une dame?

– Oui.

– C'est pour un anniversaire?

– Pas vraiment.

– C'est pour dire quelque chose?»

Là, je l'ai trouvé indiscret, alors j'ai repris la main.

« J'aimerais quelque chose de coloré, d'original, mais surtout pas de roses. »

En disant cela, j'ai senti que je serrais les mâchoires. J'ai une véritable aversion pour les roses. Ou plutôt pour les roses en bouquets, car j'en conviens, cette fleur peut être une splendeur de délicatesse et de raffinement. Mais, c'est à cause de la chanson de Berthe Sylva, *Les roses blanches*, beurk. Toute cette sentimentalité sirupeuse qui faisait pleurer ma mère me dégoûte : l'innocence de l'enfance, la pauvreté, l'oubli de soi, l'amour inconditionnel et éperdu du petit garçon pour sa maman, puis… l'abandon, car elle meurt la garce ! Et il reste planté là devant ce lit d'hôpital avec son misérable bouquet : *c'est aujourd'hui dimanche, tiens, ma jolie maman, voici des roses blanches, toi qui les aimais tant…* Bon ! Le vendeur n'a pas fait de commentaires sur ma crispation. Ça vaut mieux pour lui. Je sens qu'il hésite, manque un peu d'inspiration il faut dire que je ne l'aide pas beaucoup. Et c'est là qu'il me pose la question triviale.

« Vous voulez y mettre combien ? »

Je me sens jaugé de la tête aux pieds, je regarde autour de moi les bouquets déjà composés, un peu chiches à mon goût, puis après quelque hésitation je dis : « 80 euros ! »

Je sens l'inspiration du vendeur revenir, il me fait un grand sourire généreux. « Je vois… pour quelque chose d'un peu chaleureux, élégant et éclatant, on peut prendre une base orangée. »

Et il se dirige vers les lys. Je le regarde faire, il a de grands gestes amples pour se saisir des tiges puis les ramener de sa main droite dans sa main gauche tendue à bout de bras, je le vois assembler les couleurs et les formes et prendre un petit temps de contemplation, puis éventuellement déplacer telle ou telle fleur pour la faire voisiner avec telle ou telle autre, le tout en me désignant chacune d'un nom simple ou savant : Callas, Germini, pavot, œillet de poète, oiseau du paradis, Hypéricum, Pittosporum… Que des fleurs vendues à l'unité, je vois le compte grossir en même temps que le bouquet et j'essaye de ne pas y penser, espérant qu'il va respecter le budget annoncé. Je n'oserai pas lui faire enlever au dernier moment l'oiseau du paradis (10 euros) ou les germinis orange (4 euros). Il faut dire que ce bouquet a belle allure. Le vendeur paraît satisfait, il drape le bouquet d'une double feuille de papier colorée, y fixe la carte du magasin avec un petit ruban frisotté puis me le tend tandis que je lui donne ma carte bleue.

Délesté de mes 80 euros, je quitte le magasin avec ce bouquet rayonnant dans les bras. On a rendez-vous au pont Wilson, à côté de la buvette. J'ai bien dix minutes de trajet. J'ai l'habitude de marcher vite, le bouquet me gêne, car il est vraiment gros. J'ai l'impression d'être planqué derrière, j'aperçois mon reflet dans une vitrine, et voilà que je me mets à douter. Merde! Si ça se trouve, elle n'aura même pas de vase assez grand. Un autre refrain me revient aux oreilles : *Je vous ai apporté des bonbons, parce que les fleurs, c'est périssable...* J'ai l'impression d'être le niais de la chanson de Brel, qui s'est planté sur toute la ligne. J'ai en moi une inquiétude que je ne m'explique pas. Je ne voudrais pas qu'elle croie que... que quoi? Que j'ai le bouquet facile, que toutes les stagiaires du service y ont eu droit? Que la taille du bouquet est proportionnelle à notre écart d'âge? Qu'il est un premier hommage qui sera suivi d'autres, plus consistants? Que je veux obtenir d'elle une faveur? Que je veux lui faire un aveu? Je me sens gauche, c'est encore une chanson qui vient me tarabuster, *il suffirait de presque rien, peut-être dix années de moins, pour que je te dise je t'aime, que je t'emmène à Saint-Germain...* Je sais que je n'ai pas les moyens de mes ambitions. Ce bouquet est un leurre, j'ai vu gros et grand. Comment ai-je pu imaginer que cette jeune femme, toute en fraîcheur et spontanéité, allait prêter attention à un raseur comme moi. J'étais assez content de ma trouvaille pour lui donner rendez-vous en dehors du laboratoire : la visite du nouveau quartier de la Confluence ! On prendrait la navette fluviale, on déambulerait sur la promenade le long de la Saône avant d'aller visiter l'hôtel de région, et l'exposition Truphémus, et peut-être pourrait-on terminer par un pot rue Le Bec ? Au départ, je pensais lui proposer Fourvière, le jardin des hauteurs, les traboules et puis... je me suis ravisé. Ringard à souhait ! C'est là que j'ai pensé modernité, culture, futur. Et maintenant, je réalise combien il va être ridicule de trimballer cette gerbe enflammée tout au long de notre périple. Comment ai-je pu ne pas y penser ? Je suis arrivé à la buvette et j'attends, j'attends, j'ai les mains moites, j'essaye de chasser de ma tête les premières mesures de *ce soir j'attends Madeleine, j'ai apporté des lilas, j'en apporte toutes les semaines, Madeleine elle aime bien ça... Ce soir j'attends Madeleine et j'ai jeté mes lilas, Madeleine ne viendra pas.*

Je me calme, elle s'appelle Clarisse, d'ailleurs la voilà, elle arrive au bout du pont, elle a détaché sa magnifique chevelure flamboyante qui se déploie dans la brise du soir et j'ai juste le temps de balancer mon bouquet par-dessus le parapet.

DÉROUTE

Le tram est arrêté depuis au moins cinq minutes à la station préfecture. Geneviève regarde l'heure sur l'écran de veille de son téléphone. Elle hésite. Descendre, courir jusqu'à la gare ? Ou bien patienter, en espérant un redémarrage à temps ? Elle sent ses pieds, comprimés et perchés sur d'élégantes bottines fauves toutes neuves, son sac en bandoulière pèse un bon poids. Elle opte pour la patience, se félicite de son choix lorsque le tram bouge enfin dans un grincement.

La gare est toujours aussi froide, ventée, bondée. Elle repère son quai à l'autre bout. Le billet qu'elle pensait avoir préparé en évidence est introuvable, les minutes passent et le stress monte. Tant pis ! Elle se signalera au contrôleur, ce fichu billet va bien réapparaître !

Geneviève monte dans un wagon, fouille son sac à nouveau, puis se souvient. Le billet est en marque-page dans son livre. C'est un billet de première. Pour ce voyage, Geneviève tient à ses aises, elle a réservé une place isolée, côté fenêtre. Surtout, ne pas être dérangée! Pas de promiscuité imposée! Elle déteste les sans-gênes qui se croient dans leur chambre à coucher, quittent leurs chaussures, s'étalent, baillent bouche grande ouverte. Elle veut pouvoir s'abstraire, se laisser flotter, les pensées vagabondes au gré des images qui défilent. Geneviève s'installe enfin, relâche la pression. Elle entend la voix du contrôleur qui annonce le départ imminent, la fermeture des portes, elle guette la liste des arrêts successifs, se rassure en entendant « Nice », sa destination.

Il y en a pour plus de quatre heures. Geneviève est contente de ce temps de pause dans son quotidien rythmé par le travail, les moments consacrés à son vieux père fatigué, ses engagements associatifs à « Éducation sans frontière » et « Ni putes ni soumises » où elle vient d'accepter une vice-présidence régionale. Il y a aussi sa vie amicale qui compte beaucoup pour elle. Geneviève ne voit pas le temps passer, il s'est encore accéléré depuis que les enfants ont pris leur envol. Ils ont quitté la maison presque en même temps, à six mois d'écart : d'abord Pauline, partie faire ses études en Belgique, et puis Julien dont elle a encouragé le projet de colocation. Pauline lui dit souvent qu'elle devrait se trouver un nouveau compagnon. Geneviève laisse dire, elle n'aime pas cette formulation qui laisse entendre qu'il suffirait de prospecter comme pour un appartement, elle n'ose pas lui avouer qu'à son grand étonnement, son divorce l'a libérée. Elle s'est éloignée des hommes, ou plutôt du traditionnel modèle conjugal. Sa conception de l'épanouissement n'est plus la même, désormais c'est dans la richesse des rencontres diverses, quelques fois brèves, singulières et pas seulement amoureuses qu'elle se découvre. Bien sûr, il faut aussi payer le prix de ce mode de vie, un certain manque de tendresse et parfois son envie inassouvie d'une douce intimité, construite dans la durée.

Geneviève se cale dans son fauteuil, enroule une étole en cachemire autour de ses épaules, met ses écouteurs, choisit la piste « classique » de son baladeur. Elle attend l'entrée de la clarinette après les violons. Les notes s'égrènent sur fond de ciel chargé de nuages déclinant tous les gris et sur défilé d'arbres dénudés. Dans les champs, des troupeaux de vaches blanches, des zones vertes, puis brunes et vertes à nouveau, des maisons éparses, comme des cubes ou des rectangles. Avec la vitesse, le paysage semble à plat, sans relief ni perspective, on dirait un dessin d'enfant.

Geneviève profite d'une harmonie rare entre son corps détendu et son esprit qui s'évade. Sur son visage, une esquisse de sourire. Elle pense à Bernard, qu'elle va revoir, après cinq années de presque silence. Ils doivent se retrouver chez le notaire pour la vente de leur maison de Vence. Après cette séparation coup-de-poing, il aura fallu tout ce temps avant de pouvoir liquider la communauté. Ce terme juridique prend aujourd'hui un autre sens. Au fond, Geneviève n'a jamais aimé cette maison qu'il lui avait imposée. Elle réalise que dans les espaces qu'ils ont partagés, elle n'avait pas sa place. C'était toujours Bernard qui donnait le ton, envahissant les moindres recoins avec sa manie de ne rien jeter. Et pourtant! Il l'avait jetée, elle, sans préavis, sans crier gare et sans au revoir! La douleur se réveille, aiguë, puis se dissout progressivement dans une vague de tristesse, qui passe, elle aussi.

Geneviève songe au chemin parcouru, elle est fière d'elle, de sa transformation, d'abord intérieure certes, mais elle aimerait tout de même que Bernard en perçoive les signes : sa silhouette affinée, sa nouvelle audace vestimentaire, des couleurs vives, des tissus de qualité, et ces bottines à talons. Les bottines fauves, c'est pour lui! Sept centimètres de talon pour être à sa hauteur et planter son regard droit dans le sien. Oui! Elle voudrait susciter son étonnement, voire son intérêt et pourquoi pas lui inspirer un vague regret?

Le concerto de Mozart se termine, Geneviève cherche dans ses favoris *Je chante un baiser* de Souchon qu'elle adore. La chanson oriente ses pensées vers Charles, un expert en assurances venu pour constater un dégât des eaux dans sa cuisine. Elle l'avait trouvé gentil, compétent et rasoir. Elle avait accepté pourtant, à la fin du dossier, d'aller boire un verre de vin blanc doux nouveau dans un café branché du quartier. Délesté de son rôle d'expert, il s'était révélé tout autre : drôle, vif, très charmeur. Il avait ôté ses grosses lunettes à monture carrées, elle avait aimé ses yeux rieurs. Au troisième rendez-vous, il avait eu l'audace de proposer l'hôtel, sans trop y croire, et mise au défi, elle l'avait suivi, avec un mélange de curiosité et de culpabilité. Elle fut stupéfaite du décalage entre son aspect vieillot et son comportement érotique. Bavard dans l'amour, imaginatif, généreux et délicat, quel contraste avec les longues plages de silences qu'il lui imposait entre deux rencontres ! Il continuait de la vouvoyer, en toutes circonstances, même très privées, et Geneviève restait perplexe face à cet homme qui soufflait le chaud puis le froid. Elle se sent rougir sous l'effet cumulé de ses souvenirs intimes et du soleil derrière la vitre qui annonce le sud. Elle ferme les yeux, se laisse envahir par la torpeur qui précède généralement l'endormissement.

« Madame, réveillez-vous, on est arrivé… »

Geneviève sent une main sur son épaule, elle ouvre les yeux et peine à comprendre le sens des mots qui viennent d'être prononcés. Le wagon est vide, un contrôleur est penché sur elle. À l'extérieur on entend une voix de synthèse annonçant des destinations à consonance italienne.

« Nous ne sommes pas à Nice ?

– Non Madame, vous êtes à Vintimille.

– Mon Dieu ! J'ai raté mon arrêt ! Mais quelle heure est-il ?

– Il est 15 heures 30. Vous pouvez prendre un TER dans l'autre sens, il y en a toutes les demi-heures. Ne tardez pas à descendre, le train va regagner sa voie de garage d'ici quelques minutes. »

Le contrôleur pressé remonte le couloir à grands pas.

Geneviève, complètement réveillée, rassemble ses affaires sur sa tablette, va pour récupérer son sac de voyage dans le porte-bagage et s'aperçoit qu'elle n'a pas son sac à main ! Elle a du mal à réfléchir, s'affole, prise entre la nécessité de quitter rapidement le train et celle de retrouver son sac. Elle cherche entre les fauteuils. Elle ne sait plus ce qu'elle a fait avant de s'endormir. Elle doit se rendre à l'évidence, le sac a disparu, volé pendant son sommeil sans doute, à ses pieds, où elle l'avait imprudemment laissé, accessible côté couloir.

Elle descend, c'est le plus urgent, elle reste désemparée un moment sur le quai. Sans téléphone, ni argent, ni papiers d'identité, elle se sent perdue. Elle ne sait que faire, ni où aller, ni à qui s'adresser pour demander de l'aide. Reprenant ses esprits, elle se dirige vers le bureau d'accueil de la gare. La grosse horloge du hall marque 15 heures 43, son rendez-vous chez le notaire est dans trois quarts d'heure. Elle repense à tout ce qu'elle a mis en œuvre pour pouvoir s'y rendre, à ses rêveries de retrouvailles apaisées avec Bernard, à son désir de lui en mettre plein la vue. Elle entend déjà le commentaire désobligeant de son ex-mari à 16 heures 30 tapantes lorsqu'il constatera qu'elle n'est pas arrivée.

Au guichet, elle demande si elle peut disposer d'un annuaire, et voilà que dans l'affolement, elle ne se souvient plus précisément du nom du notaire, pourtant simple, ça commence par un D, elle en est sûre. La jeune fille de l'accueil lui propose de passer derrière l'écran, et d'utiliser l'ordinateur. Elle trouve un « Druon », notaire à Nice, cette consonance lui rappelle quelque chose, demande à téléphoner en France depuis le poste de l'accueil, impossible, les lignes doivent rester disponibles. Geneviève, comme prise en faute, n'a rien dit du vol de son sac, elle a simplement prétexté une panne de batterie sur son portable, maintenant elle erre dans la gare.

Les gens, pressés, ne lui portent aucune attention. Elle veut joindre Bernard à tout prix, lui expliquer sa mésaventure, elle espère son secours, peut-être va-t-il faire les 40 kilomètres depuis Nice pour venir la chercher… Geneviève se décide à arrêter une jeune femme qui marche un peu moins vite que les autres, demande à emprunter son téléphone. La jeune fille ne parle pas français, elles se comprennent par gestes. Après une hésitation, elle tend son appareil, mais le reprend brusquement lorsque Geneviève lui demande l'indicatif pour la France.

Geneviève se dirige à nouveau vers l'accueil, demande le poste de police le plus proche. Elle est orientée vers un local dans la gare où se tient une permanence. Quatre personnes silencieuses attendent, il n'y a pas assez de chaises, le lieu est déprimant, très gris, des rires fusent de la pièce voisine. Elle fait les cent pas, ses bottines la font souffrir, elle demande les toilettes, voit son visage défait dans la glace, a envie de pleurer. Elle troque ses bottines pour des ballerines et pendant qu'elle y est, retire son soutien-gorge à balconnets qui lui meurtrit les chairs.

À 17 heures 30, elle est enfin reçue par un policier qui remplit une déclaration de vol en Italien et lui remet un récépissé. Il accepte de composer le numéro de téléphone de Maître Druon à Nice. Geneviève prend le combiné en tremblant, l'attente avant d'avoir le notaire en ligne lui paraît interminable.

« Bonjour Maître. Je suis Madame Oriol, ex-Valentin je suis désolée pour le rendez-vous, je n'ai pas pu vous appeler avant.

– Bon, bon… Dépêchez-vous d'arriver, on a presque fini et j'ai un autre rendez-vous à 18 heures.

– C'est que… j'ai un problème… je suis en Italie, sans papiers et sans argent, pourriez-vous me passer Monsieur Valentin

– Monsieur Valentin? Mais? Il n'est pas là! Nous avons sa procuration.

– …

– Vous êtes toujours en ligne? Alors, comment fait-on? Vous pensez pouvoir venir demain régulariser l'acte?

– Oui, oui… peut-être, je ne sais pas… je vous rappelle. »

Geneviève raccroche. Elle se sent stupide. Comment a-t-elle pu oublier que Bernard était sorti de sa vie, s'inventer et croire à son joli scénario de retrouvailles? Elle a le sentiment d'une mauvaise rechute en dépendance. Comme si, avec la perte de ses papiers, elle avait été vraiment dépouillée de son identité! Et son accablement depuis qu'elle a loupé l'arrêt de Nice lui paraît maintenant ridicule. En face d'elle, le policier patiente et l'observe gentiment. Il lui explique dans un français à consonance très italienne qu'elle doit prendre contact avec l'agence consulaire, qu'il y a des formalités à faire, mais que là, c'est trop tard, le bureau est fermé et n'ouvre que demain matin à 9 heures. Il s'excuse avec le sourire et son accent plein de soleil de ne pouvoir faire plus pour elle.

Geneviève se décide à sortir de la gare, elle a tout son temps maintenant, elle va bien trouver une solution, inutile de stresser, au pire, elle passera la nuit sur un banc. Cela lui rappellera sa jeunesse, ses voyages, ses nuits de transit dans les aéroports. Il fait doux, et puis c'est une chance, elle a dans son sac des abricots et une bouteille d'eau.

NÉ CATALAN

Il a choisi de prendre le train jusqu'en Andorre. Ce sera moins fatigant. Puis, pour la partie espagnole, il va louer une voiture. Malgré les explications de l'oncle Pablo, il a d'abord eu du mal à localiser le village sur la carte. Antoine est assez traditionnel lorsqu'il prépare un voyage, il n'a pas encore le réflexe GPS et Google Earth. Il a pris trois jours de congé. Entre l'inventaire et juste avant les négociations pour le prochain catalogue. Au départ, Sabine devait l'accompagner. Mais elle a eu un contretemps, une collègue à remplacer au pied levé, elle n'a pas pu refuser. Antoine est soulagé, sa sœur est trop bavarde, elle le saoule d'avis péremptoires qu'il n'a pas demandés et qui concernent des gens auxquels il ne s'intéresse pas.

En lui remettant la vieille clé, Oncle Pablo lui a fait toutes sortes de recommandations. Sa main tremblait un peu, ses moustaches aussi, et il avait l'œil humide. Dans le train, Antoine se laisse bercer. Il essaye d'imaginer la vie de ses grands-parents dans leurs montagnes catalanes. Une vie simple, dépouillée, rude, rythmée par les saisons, centrée sur le nécessaire. Antoine s'étonne d'en savoir si peu. Comme si son père avait honte de ses origines. Ou comme s'il avait choisi le silence pour gommer la douleur de l'exil. Pablo, lui, a conservé certains signes de ses racines et de son enfance au pays : le béret, son accent rocailleux, son prénom, tandis que le père d'Antoine, Francisco, a préféré devenir François.

Antoine a pris la voiture à la gare. Il fait très beau, il conduit lentement, autant parce qu'il n'est pas pressé d'arriver que pour contempler le paysage qui se révèle à lui au gré des virages. Il est surpris des pentes raides, minérales, des vallées qu'il devine étroites et profondes. Antoine se sent fébrile. Il est très loin de son quotidien, désorienté par les couleurs et les formes. Il réalise soudain que son école de commerce lilloise, son travail de négociateur chez Ikea et Lisbeth, son amoureuse hollandaise, l'ont toujours conduit vers le Nord.

A-t-il eu raison d'accepter la demande de son oncle Pablo ? Et si la maison n'était plus qu'un tas de vieilles pierres écroulées ? *Lorsque tu quittes San Lorenzo, tu prends deux fois à droite, la route est étroite, elle va te sembler longue, mais il y a moins de trois kilomètres. Après un petit replat, ça grimpe à nouveau, quand la voiture n'en peut plus, c'est là.* Antoine passe une à une les étapes décrites par l'oncle. Il touche au but, éprouve un genre d'excitation qu'il ne connaît pas.

La maison se trouve au centre du hameau. Bien sûr, on voit qu'elle est à l'abandon, mais le silo à grains est en bon état, les lauzes de la terrasse ne sont pas fendues. Il aime d'emblée les marches du vieil escalier, patinées par le temps. Il reste longtemps dehors à la regarder, à l'observer sous différents angles, à s'imprégner du silence, de la majesté du lieu. Le hameau semble exactement à sa place dans son écrin montagneux, la maison en est le centre.

Antoine ne se décide pas à visiter l'intérieur, peut-être est-ce trop d'un coup? Il craint d'être happé par le silence et le sombre qu'il a toujours perçus dans la raideur de son père. Il se surprend à imaginer la fenêtre bordée de géraniums, la porte ouverte sur un rideau de fines cordes tressées, un fauteuil adossé à la façade, alors qu'habituellement, il est indifférent à son environne-ment, et se dit satisfait de passer son temps dans les chambres normalisées des grandes chaînes hôtelières internationales. Il prend des photos pour son oncle. Pas pour son père qui a désapprouvé ce voyage. *Inutile! Tu perds ton temps.* Lorsqu'il avait reçu la lettre du notaire détaillant une proposition d'achat pour la maison, il avait grommelé que c'était sûrement en ruines. *Autant s'en débarrasser, personne n'est retourné là-bas depuis la mort de la Madre.* Antoine avait été surpris d'entendre un mot espagnol dans sa bouche, et aussi de la fêlure dans sa voix. *Va voir Pablo, et demande-lui ce qu'il veut faire, moi, ça m'est égal.* C'est ainsi qu'Antoine s'était trouvé embarqué dans l'aventure. Missionné par Pablo pour aller voir la maison, rencontrer le notaire, se renseigner sur le prix. Antoine aime bien son oncle. C'est son parrain. Il y a de la connivence entre eux, et de la tendresse. C'est Pablo qui lui a appris le jeu de la ficelle. Son oncle faisait surgir de ses mains, grâce à un simple cordon de laine un pont, une tour Eiffel, un paquebot, des animaux. Antoine était devenu très habile à ce jeu avec lequel il avait épaté plus d'une petite copine enamourée. Le jour où il était allé montrer la lettre à son oncle, il avait perçu l'inquiétude dans les yeux du vieux monsieur, et peut-être bien de la culpabilité. *Quoi ? Bazarder la maison ? La vendre à un inconnu ?* Pablo voulait réfléchir. Mais il n'avait pas le courage d'aller là-bas lui-même, trop de souvenirs difficiles, son passé devait rester derrière la frontière. Pour Antoine c'était différent, ce retour au pays des anciens pouvait lui ouvrir un avenir. *Tu ne connais pas la Catalogne petit, c'est pourtant de là que tu viens, à moitié.* Antoine, imprégné des paroles de l'oncle, avait accueilli la maison comme une amie, son cœur s'était ouvert, il était revenu vers Paris des rêves plein la tête sans avoir rencontré le notaire.

Antoine est revenu, une fois, deux fois, puis toute une semaine en été, et de plus en plus. Maintenant, il est assis sur le pas de sa porte, sur la large pierre qui sert de terrasse, dans un fauteuil d'osier un peu défoncé. Il se chauffe au soleil du matin, le coussin de l'assise est humide. Il se dit qu'il aurait dû rentrer le fauteuil pour la nuit, il ne s'est pas méfié de la rosée. Il cherche Echo des yeux et ne le voit pas. D'habitude, le chien est couché à ses pieds, la tête posée sur une de ses chaussures, prêt à bouger en même temps que lui. Antoine a bien dormi. D'une seule traite. Il n'y a qu'ici qu'il y arrive, l'air est bon, tout est calme, dans sa tête aussi ! Il se relâche, c'est un espace-temps différent. Il se ressource, loin de Bobigny, de son appartement-dortoir, des centres commerciaux qui jalonnent son univers professionnel.

Hier, Antoine a rentré du bois, pour les flambées des soirées qui fraîchissent dès la mi-août. Le fils de Juan lui a donné un coup de main. Antoine est heureux de voir le hameau se réveiller pour l'été. Et il aime se dire que c'est lui qui a donné l'impulsion. Sans doute fallait-il que quelqu'un se lance, réanime le lieu. Et s'il a pu le faire, c'est qu'il était vierge de tout passé ici.

Année après année, d'autres sont venus restaurer ces vieilles pierres, réinvestir l'endroit encore marqué de la souffrance de la guerre civile, avec l'envie de lui donner un nouvel avenir. Il a appris au fil de l'entraide et des repas pris en commun qu'ils étaient plus ou moins ses cousins. Un peu de méfiance au début, à cause de l'immatriculation de la voiture. Et puis, Antoine ne parlait pas catalan. Ils ont eu du mal à croire qu'il est le petit-fils de Consuelo et Javier. Il n'a pas été obligé de sortir le livret de famille. Juan, son voisin le plus proche l'a reconnu. Pas lui! Mais son nez! Ce nez long, effilé, bleui par le froid, rougi par le soleil, constamment humide dès les brumes de l'automne. Juan lui avait montré le sien en riant. *C'est sûr! Ça vient du même endroit! Le nez, ça ne ment pas! Embrasse-moi cousin!*

LE COMPROMIS

Ils venaient juste de repeindre en bleu la salle de bain et avaient fait installer dans cet espace exigu une baignoire sabot, premier pas vers un confort amélioré. Ils avaient enfin trouvé la bonne colle pour refaire le joint des tommettes descellées de la cuisine. Elle aimait se chauffer au coin du feu, assise à ras de terre sur une chaise basse d'enfant. Au fil de ces huit années, elle avait investi ce lieu avec ses couleurs, ses objets, ses souvenirs et quelques meubles de bric et de broc. C'est dans ce lieu qu'ils avaient accueilli leurs petits, le garçon, puis la fille, et c'était devenu pour eux un lieu d'éveil à la vie, un lieu d'apprentissage, devenir parent, ce n'est pas rien! Elle n'imaginait pas d'en partir, en tous cas pas si tôt et pas comme ça. Elle avait pris comme une gifle la lettre recommandée du propriétaire leur donnant congé pour le 1er janvier.

Elle s'était soudain sentie en situation de précarité, inquiète, démunie, persuadée qu'aucun autre lieu ne saurait correspondre à leurs attentes. Lui avait dit que c'était une aubaine, qu'on commençait à s'encroûter ici, qu'il était temps d'arrêter d'engraisser un propriétaire et qu'il fallait le devenir à son tour. Et il s'était mis en quête de la maison de ses rêves avec enthousiasme et frénésie, épluchant assidûment les petites annonces. Elle était restée à la traîne, silencieuse, abattue, incapable de se projeter dans un autre espace.

De week-end en week-end, ils allèrent de visites en visites, maison ou appartement, mais jamais rien ne lui convenait. Une fois c'était l'orientation, le quartier, ou le voisinage immédiat. Une autre fois il y avait trop de bruit, ou c'était trop neuf, elle n'aimait pas les cages à lapins. Ou alors c'était trop cher, ou trop vieux, les pièces étaient trop grandes, c'était trop peu fonctionnel, impossible à chauffer. Une autre fois les pièces étaient trop petites, des alcôves sans la lumière du jour, c'était trop bas de plafond, ou encore il n'y avait pas d'ascenseur, tu te rends compte, un cinquième étage! Avec les courses et les gosses. Jusqu'à ce que son mari l'accuse de sabotage. Au bord des larmes, consciente du poids de sa passivité, culpabilisée de n'avoir envie de rien, elle ne sût quoi répondre et ses molles dénégations ne firent que l'agacer un peu plus. Elle décida alors de se taire, d'opiner, de faire semblant, de se laisser conduire par son désir à lui. Elle dut convenir que, de toute façon, ils n'avaient plus le choix, qu'il fallait avancer maintenant, le 1er janvier était tout proche.

Elle ne sût pas lui dire ce qui l'angoissait et la paralysait bien au-delà de la difficulté à quitter son environnement familier et pratique. Car elle réalisait peu à peu que cette recherche les orientait vers un projet de vie sur lequel ils ne s'étaient pas vraiment mis d'accord. Alors qu'elle rêvait de réunir en un lieu son activité professionnelle et la vie familiale, se voyait bien en ville, dans un immeuble pouvant accueillir ces deux pôles, le logement à un étage, le cabinet à un autre, lui pensait que la maison était une évidence. Il avait passé son enfance dans de grands espaces et se voyait naviguer à l'envi du jardin à l'atelier. Elle angoissait de plus pour les questions d'argent. Avec l'emprunt, les contraintes économiques, elle allait en prendre pour 15 ou 20 ans. Et surtout, cet achat matérialisait son avenir de couple dans la durée, cela devenait plus concret que le oui prononcé il y a huit ans devant Monsieur le Maire.

Un jour de novembre, son mari l'appelle au bureau, excité, pressant. Il lui faut tout lâcher, venir de suite pour visiter « l'affaire du siècle ».

Dans la grisaille d'un début d'après-midi, sous un crachin pénétrant, elle se laisse conduire jusqu'à ce village de pierres dorées qui lui semble très loin de tout. Elle prend en grippe, d'emblée, l'agent immobilier fébrile et bavard qui les amène devant un grand portail de bois déglingué. Elle frissonne de froid et d'inquiétude en pénétrant dans la cour. Elle ne voit que l'amas de ferrailles entassé sous le porche, une flaque d'huile de vidange, des tôles empilées, de vieux chiffons souillés... Son mari lui fait faire le tour du propriétaire, désignant d'un large mouvement tout l'espace. «Là, je ferai mon atelier, regarde dans la cour, ces vieux w.c., j'en ferai un poulailler.» Elle est oppressée, aveugle à toute vision future, écrasée par l'ampleur des travaux à accomplir et tandis que dans sa tête, lui a déjà redistribué les pièces et repeint les murs, elle est obnubilée par les gravats, les vieux carreaux ternis de crasse. Face à sa mine sombre, couleur de ce triste jour de novembre, il redouble d'enthousiasme : «Cette maison est exactement ce qu'il nous faut, l'orientation de la façade plein sud, le tilleul dans la cour pour ombrager nos étés et pour les tisanes. Regarde, il y a un puits, je ferai réparer la pompe, et cet abri, j'en ferai un bûcher, et la grange, ce sera pour mon atelier, avec de grandes baies vitrées au couchant.» Il lui fait des promesses : «Tu auras ta pièce, je commencerai les travaux par la salle de bains, toute de mélèze blond, avec des carreaux verts, tu ne toucheras ni un clou, ni un pinceau, je ferai les travaux tout seul. Nous allons changer de vie! Je serai disponible, fais moi confiance. Aujourd'hui il fait gris, mais tu verras avec le soleil, ça change tout. Imagine l'herbe coupée, les fleurs au printemps, un massif de tulipes jaunes et rouges, et le soir, un petit blanc à l'apéro, assis sur les marches dans la douceur des derniers rayons du soleil. Je te promets, nous allons changer de vie, je m'occuperai des enfants, avec mon atelier sur place, plus de problème de garde, ils iront à l'école du village, circuleront à vélo, se feront des copains dans la rue, rien à voir avec la ville, ici nous sommes à la campagne, tu pourras te consacrer l'esprit libre à ton travail, je te cuisinerai des petits plats, tu te mettras les pieds sous la table… J'ai senti tout de suite que cette maison était pour nous, il faut se décider vite, elle n'est pas trop chère, ce serait bête qu'elle nous passe sous le nez!» Elle n'a pas un regard pour le professionnel qui bât la semelle un peu plus loin et qui a bien compris que le meilleur vendeur c'est le mari déjà conquis, dont la bonne humeur n'est pas entamée par le mutisme de l'épouse!

Dans la voiture au retour, elle revient sur les inconvénients qui lui ont sauté aux yeux : l'ampleur des travaux, l'éloignement par rapport à son lieu de travail. Il répond à toutes ses objections : pour les trajets, il y a le train à grande fréquence aux heures de bureau et pour les travaux il fera appel à un coordinateur efficace, son ami Hervé qui lui fera un bon prix et lui fera profiter de son réseau d'artisans. Elle lui en veut d'être confiant et stimulé par ces nouvelles perspectives tandis qu'elle n'est que dans la tristesse de ce qu'il faut quitter.

Pendant le trajet qui longe la Saône, elle s'apaise doucement, elle songe qu'il a de l'énergie et de la confiance pour deux, qu'il vaut mieux être alliés qu'opposants, ça commence par une sorte de résignation raisonnable et puis… du fond de ses pensées, une voix d'abord timide puis insistante et enjouée reprend cette petite phrase pleine de tous les possibles. *Nous allons changer de vie.*

Ils rentrent à la nuit tombée dans leur nid douillet. La pluie a cessé. Sur le pas de la porte, juste avant d'entrer, elle cherche le regard de son mari et avec un petit sourire mi-figue mi-raisin, elle murmure : «Alors ? On le signe quand, ce compromis ? »

AU BONDODO

C'est une voiture de marque japonaise, grise, de taille moyenne, banale. L'homme qui conduit tient le volant de la main gauche, tandis que la droite repose sur sa cuisse. Il porte un pantalon de velours à fines côtes, couleur rouille, et une chemise épaisse en jean. Ses yeux, qu'il a clairs, sont protégés par des lunettes dont les montures sont dans le ton du pantalon. Il est chaussé de boots noirs qui auraient besoin d'un coup de cirage. Sur l'autoroute, l'homme roule sur la file des véhicules lents. Le son de la radio emplit l'habitacle. Les ondes se brouillent régulièrement. De sa main droite, à l'aide des commandes électroniques, il fait défiler les stations. À l'arrière, calé entre les sièges, un petit sac à dos de sport, et une valise verte, en toile, à plat sur la banquette. Dans le coffre, un gros carton rectangulaire.

L'homme s'arrête sur une aire de repos. C'est déjà la Belgique. Il descend de voiture, s'étire longuement, replonge à l'arrière pour y prendre le sac à dos, sort un thermos, force un peu pour dévisser le bouchon, y verse un liquide noir et fumant. Puis il range le thermos, laisse sa portière ouverte, s'éloigne de quelques pas sur le terrain herbeux en limite de parking, se tourne pour déboutonner sa braguette. L'homme reprend le volant, soupire, regarde sa montre.

Une demi-heure plus tard, il sort de l'autoroute. La voiture s'enfonce dans une campagne plate. À perte de vue, les sillons bruns de la terre retournée, luisants de pluie. Le ciel est chargé de nuages sombres, par endroit strié de bandes laiteuses. Le soir tombe, et tout se noie dans le gris. La voiture traverse des zones industrielles, des successions de hangars, de parkings. Une enseigne verte lui fait de l'œil : «Hôtel Au Bondodo»; l'homme la dépasse, hésite, fait demi-tour et s'arrête le sourire aux lèvres sur le parking vide. Il attrape son sac à dos, laisse la valise. Il pousse la porte d'entrée en verre dépoli. Un carillon fait venir de la pièce voisine, d'une démarche nonchalante, une femme imposante entre deux âges. Toutes les clés sont au tableau. La femme annonce cinquante euros, demande un règlement d'avance. Il sort un billet et sa carte d'identité. La femme fait disparaître le billet dans son giron généreux, lui rend sa carte et dit avec un fort accent : «Bienvenue chez nous, Monsieur Ribouli, voici la clé de votre chambre.»

C'est la numéro 5. Elle est à l'étage. On y accède par un escalier moquetté qui craque sous les pieds. La clé comporte un anneau pris dans une plaque en plastique abîmé. Elle tourne dans la serrure sans résistance. Un seul tour. La porte est si légère que Gilles a le sentiment qu'elle pourrait s'ouvrir d'un coup d'épaule. Ce qui se confirme lorsqu'il constate qu'il existe un verrou intérieur. La pièce est sombre, lui paraît petite. À gauche, à côté du chambranle, il trouve le bouton d'éclairage. Le plafonnier diffuse une lumière dont le jaune est renforcé par la couleur ocre des rideaux fermés. Gilles les ouvre, regarde par la fenêtre. Sa chambre donne sur l'arrière de l'hôtel, il y a une petite aire de stationnement prolongée par une sorte de terrain vague. Dans la pièce, à sa gauche, un lit double, recouvert d'un tissu à bouclettes bon marché. À sa droite, une table en bois qui paraît basse, avec une mauvaise chaise. Pas de télévision. C'est spartiate! Gilles ouvre la porte du cabinet de toilette. La cabine de douche est étroite, ce n'est pas grave, il est plutôt svelte. Les portes coulissent mal. Les joints du bac sont moisis par endroit. Gilles attrape le pommeau, tourne le mitigeur en tous sens pour faire venir un filet d'eau avec lequel il tente d'évacuer un poil collé sur la céramique douteuse. Il se jette un coup d'œil dans le miroir au-dessus du lavabo. Il n'y voit que sa calvitie, se dit qu'il devra se mettre sur la pointe des pieds pour se raser. De son sac à dos, il sort sa trousse de toilette et place son rasoir à main sur la tablette, ainsi que sa brosse à dents. Il a oublié son savon à barbe, tant pis le mini savon de l'hôtel fera l'affaire. Gilles se déplace toujours avec le strict minimum, du moins en ce qui concerne son confort. Car il n'oublie jamais, où qu'il aille et quelles que soient les circonstances, d'emporter ses baskets, avec une tenue pour faire un footing, pour simplement se donner la possibilité de courir. Courir, sa manière à lui de se ressourcer, un moment de concentration sur la mécanique du corps, sur son rythme propre, un temps de tête vide, pour s'abstraire des autres ou d'un environnement qui lui pèse. Gilles teste machinalement le lit. Il est mou, fait la cuvette. Au fond, c'est sans importance, il partage rarement ses nuits. Et ce creux moelleux n'est pas pour lui déplaire. Cela lui rappelle la maison de sa grand-mère, le lit à rouleaux, au centre duquel il se lovait en chien de fusil, sous un édredon de plumes, au cœur du rude hiver. Il aimait le contraste entre la chaleur du lit et le froid de la chambre, concentrée au petit matin au bout de son nez rougi.

Il n'est pas encore très tard et Gilles est désœuvré. Il n'a pas faim, regrette de n'avoir pas pris un bouquin ou une revue. Il décide de retourner à la voiture chercher sa valise, se dit qu'il va aérer son costume, le défroisser. Depuis combien d'années n'a-t-il pas servi ? C'est un costume genre «sport», pas vraiment élégant. Mais c'est un costume ! Gilles a été pris au dépourvu par l'invitation de Justine. Il a hésité à accepter, comme elle avait dû hésiter à l'inviter, au tout dernier moment. Il se sent un peu coupable à l'égard de sa nièce et filleule, pour laquelle il a été un parrain à temps très partiel. Présent dans la petite enfance lorsqu'il était encore facile de choisir un cadeau pour un Noël ou pour un anniversaire, présent encore au début de l'adolescence lorsque Justine avait commencé à secouer le joug parental. C'était il y a quinze ans, ou plus. Justine avait demandé à séjourner chez lui, car elle était en rupture de lycée et ses parents consternés. Il l'avait accueillie un matin de juin dans sa maison, à Chichilianne. Elle avait débarqué avec sa blondeur, son regard pénétrant et ses avis sur tout. Elle avait passé les trois premiers jours dans sa chambre, n'en sortant que pour le repas du soir. Il l'avait laissée faire. Et puis elle avait demandé à l'accompagner sur ses chantiers. Elle l'aidait à sortir et rentrer son matériel dans la camionnette, à prendre des mesures, à ajuster et tenir pendant qu'il les fixait les divers éléments qu'il posait : placards, corniches et plinthes. Ils avaient restauré ensemble un parquet en vieux bois, monté une cheminée. La jeune fille était résistante, patiente, précise. Ça tombait bien pour Gilles, car son apprenti était en période d'examens. Justine avait aussi fait la connaissance d'Adrienne et Étienne, ses grands amis. Adrienne, distillatrice, l'avait initié à la cueillette des plantes sauvages dans la montagne. Gilles, en moins de trois semaines, avait senti chez Justine la naissance d'un goût pour l'ailleurs et l'autrement. Et puis, la distance, le silence s'étaient à nouveau installés après cet épisode particulier, renforcés par le divorce des parents de la jeune fille l'année de ses dix-huit ans. Elle était partie vivre en Belgique avec sa mère. Quelle femme est-elle donc devenue? Une femme libre, sans aucun doute, c'est ce qu'il a pensé d'emblée à l'annonce de ce mariage particulier au sujet duquel son frère n'avait pipé mot.

Il n'y a personne à la réception de l'hôtel lorsque Gilles passe la porte pour aller à sa voiture. Le parking est toujours aussi vide. Il est même totalement vide! Mais où donc est la Toyota? Gilles stoppe, repart, se retourne, fait les cent pas. Il a du mal à réfléchir. Est-il sorti du bon côté? Cet hôtel a sans doute deux portes d'entrée, deux accès pour permettre les allées et venues discrètes, car il en est sûr maintenant, l'hôtel ne sert pas la nuit ou si peu, l'enseigne «Au Bondodo» est là pour brouiller les pistes, tromper les apparences. Gilles tourne autour du bâtiment et doit se rendre à l'évidence : la voiture a bel et bien disparu! Ses premières pensées vont à Justine. Il n'a pas mis en œuvre tout cela pour renoncer! La location d'une voiture, l'atelier fermé pendant 3 jours, tout cet argent déjà dépensé pour arriver jusqu'ici. Il n'a pas surmonté pour rien ses appréhensions de revoir sa belle-sœur qui a mis dans le même sac de rancœur tous les membres de la famille. Gilles réalise que le faire-part est resté dans la boîte à gants du véhicule avec son téléphone portable, qu'il n'a pas retenu l'adresse de la mairie et de la réception. Ce dont il se rappelle avec précision, c'est la formule de l'invitation : « il vaut mieux un mariage gay qu'un mariage triste! Soyez là pour applaudir, rire et chanter le 8 octobre 2008 lorsqu'Anne et Justine se diront oui, pour la vie! » Il avait souri au jeu de mots et noté la virgule placée juste avant le « pour la vie ».

Gilles se fiche bien de la voiture de location certainement assurée contre le vol, il se fiche aussi de son costume. C'est pour le cadeau, resté dans le coffre, qu'il est ennuyé. Il était particulièrement content de son idée en forme de clin d'œil et de souvenir du séjour de Justine à Chichilianne. Chez son outilleur habituel, il lui avait constitué un assortiment d'outils à mains, un pack du parfait petit menuisier/ébéniste avec rabots, équerres, trusquin, râpes, rifloir, gouges, et même chasse-clou. Il avait cédé à l'envie de lui offrir (et peut-être à toutes les femmes à travers elle) une alternative aux robots culinaires et autres éléments de la panoplie d'un mariage soi-disant réussi.

Gilles s'est ressaisi et vient de se lancer un défi. Il ira à ce mariage envers et contre tout ce qui semble s'être ligué contre lui.

Il rentre dans l'hôtel bien décidé à solliciter l'aide de la femme de la réception. À son entrée, le carillon, déclenché par le détecteur de mouvement, retentit. Gilles patiente un instant, en vain. À côté de la banque d'accueil se trouve une porte fermée avec la mention « privée » gravée sur une plaque en laiton. Gilles frappe avec vigueur et sans attendre, actionne la poignée. La porte est fermée à clé, aucune lumière ne filtre par-dessous, aucun son ne lui parvient. Gilles réalise qu'il est absolument seul dans cet hôtel perdu au milieu d'une zone industrielle. Désemparé, il s'apprête à monter dans sa chambre, résigné à laisser passer la nuit et attendre la première heure décente lorsqu'il entend le carillon de l'entrée. Il se retourne et voit venir à lui celle qu'il a intérieurement baptisée « la tenancière ». Elle a relevé ses cheveux en un chignon très serré sur le haut du crâne, elle est perchée sur de petits bottillons disproportionnés au reste de sa silhouette, porte un pantalon noir moulant et une tunique rouge, décolletée, brillante, plissée sur ses hanches larges. Son sourire est rehaussé par un rouge à lèvres débordant. Elle s'avance et dépose un cabas sur la banque d'accueil.

«Ah Madame! Je vous ai cherché… Je suis bien ennuyé… Ma voiture a disparu, volée sur le parking de l'hôtel. Je dois absolument me rendre à Bruxelles demain matin pour 11 heures. Je suis venu du sud de la France, pour le mariage de ma filleule, je ne peux pas louper ça! Y aurait-il des cars ou un train? Une gare où vous pourriez me conduire? Peut-être une voiture que vous pourriez me louer, juste pour la journée de demain? Je peux vous laisser quelque chose en gage, ma carte bleue…

– Mais enfin Monsieur Ribouli, ne vous affolez pas! Il n'y a pas de voleurs ici! Regardez, votre voiture est là sur le parking!»

Elle ouvre la porte et Gilles constate avec effarement que la Toyota est bien à l'emplacement où il l'avait garée. Il se demande un instant s'il est bien réveillé, se rappelle soudain cette émission de télévision idiote où l'on piégeait des gens crédules avec une caméra cachée. Il ouvre et ferme la bouche plusieurs fois, écarquille les yeux et bredouille quelques sons informes. La tenancière, dans un grand rire, lui tend la clé de la voiture.

«Vous l'aviez laissée sur la banque! C'est que vous n'aviez pas à ressortir ce soir! Alors j'en ai profité pour aller faire quelques courses au Red Market. Mais je vois bien que je vous ai donné une grosse émotion, Monsieur Ribouli. Alors pour me faire pardonner, je vous invite à dîner ! »

COUPABLES

Tout est allé très vite.

La jeune fille attend au salon. Elle sent la joie proche, sans pouvoir s'y abandonner. Une retenue sous le regard des ancêtres figés dans leur cadre doré. Dans le grand miroir, elle a du mal à se reconnaître. Le chignon qu'on lui a imposé imprime à son visage gravité et sévérité. Elle aurait voulu l'adoucir par un piquetage de fleurs d'oranger. « Tu n'y songes pas sérieusement ! » a dit sa mère d'un ton sans appel. La robe blanche en mousseline fluide suggère les formes sans s'y attarder. La jeune fille se place de profil, se regarde, caresse son ventre en souriant. Elle pense à la stupeur de sa mère. À ce mot, qui a tout fait basculer : « enceinte ». Soudain, adieu l'enfant passive et chaste, conforme aux attentes de parents confinés dans les croyances d'un autre siècle. Ce qu'elle a lu dans le regard de son père à l'annonce de sa grossesse l'a glacée. Une accusation muette, un violent rejet, un reniement presque. De vierge elle est devenue putain !

Tout est allé trop vite.

Le coupable a été sommé de réparer. Dans l'urgence. Une course contre le temps, contre le corps qui se moque bien des conventions. Les préparatifs ont mis la faute au second plan.

C'est aujourd'hui le grand jour. La jeune fille est heureuse de ce commencement, de ce quelque chose qui lui appartient vraiment. Elle pense au père de son enfant. Avec lui, elle se sent capable de devenir elle-même, d'abandonner les faux semblants imposés par une éducation stricte et désuète. Il n'y a eu aucun commentaire au sujet du jeune homme, ni bien né ni brillant. Un silence de mépris. Une très vague satisfaction lorsqu'on a su qu'il était catholique, et du soulagement face à sa docilité. On lui a tout imposé, la date, l'église, le lieu (ce ne pouvait être que la propriété ancestrale), la liste des invités et des exclus, le menu, les formules compassées du faire-part, jusqu'au port de la cravate et sa couleur. Pour elle, il a accepté de ne pas faire de vagues. Maintenant c'est la dernière épreuve, l'ultime moment que la jeune fille concède à ses parents, avant de prendre son envol. Un peu de tristesse voile son regard. Elle a senti l'émotion de sa mère, au-delà de sa réprobation, de sa peur du qu'en-dira-t-on. Elle a perçu une connivence, un regard plus doux, une sollicitude face à ses nausées matinales.

Elle a failli s'attendrir et renoncer à son projet de fuite programmée pour le début de la soirée. Elle sait que cet acte va la précipiter vers une rupture, que son départ clandestin pour le Mexique va l'embarquer dans quelque chose d'irréversible, que plus rien ne sera comme avant. Au moment de faire le pas, dans sa peur de l'après, c'est l'image de sa mère qui s'impose à elle. Cette femme, dont elle ne sait pas dire comment elle l'aime, ni même si elle l'aime, est souvent absente à elle-même, absorbée dans un univers étrange de bondieuseries et de superstitions. La jeune fille a depuis longtemps renoncé à capter son attention, elle a fait « sans » pendant toutes ces années et s'étonne de la sentir plus vivante, plus présente depuis quelques semaines. Elle a l'intuition que le petit être qui se développe en elle, réprouvé, officiellement ignoré, est aussi le ferment d'autre chose.

La jeune fille se raidit en reconnaissant les pas de son père. Elle est crispée à l'idée de ce trajet qu'il va falloir accomplir à son bras jusqu'à l'autel. L'église est tout proche de la grande maison. La tradition familiale, reprise de génération en génération, cst d'y aller à pied, en famille, à travers le village, sous le regard des badauds et des invités rassemblés. Cette procession dont elle est aujourd'hui le centre, dont elle a rêvé adolescente, est devenue mascarade.

La porte du salon s'ouvre, le père reste à distance. Sévère, droit comme un i.

« Allons-y. C'est l'heure. »

Le ton est sec, il détourne les yeux. La jeune fille avait secrètement espéré un relâchement de sa colère froide et muette, un peu d'émotion, peut-être un attendrissement, car malgré tout… elle est son aînée, la première à quitter le foyer, et elle était jusqu'alors sa fierté !

Sur le pas de la porte, le père a fait demi-tour, il avance déjà son bras droit en forme d'anse pour que la jeune fille y glisse le sien, sans un mot.

La cour est inondée de soleil. On entend le bruissement des commentaires. Le cortège se met en route. La jeune fille n'ose pas sourire, elle s'applique à marcher au pas de son père. Elle respire profondément pour calmer les battements de son cœur affolé.

La cérémonie se déroule avec lenteur, la jeune fille répète machinalement des phrases connues par cœur, elle s'étonne de ne sentir aucune émotion au moment de prononcer les paroles d'engagement. Elle éprouve une nausée qu'elle met sur le compte de son état. Elle voudrait se débarrasser de la gaine qui enserre et lisse son ventre habité. Pendant la prière universelle, elle ferme les yeux. Elle écoute, sans vraiment les entendre les intentions de prière et chante sans conviction le refrain qui revient, «sûrs de ton amour et forts de notre foi, seigneur, nous te prions». Le prêtre s'apprête à célébrer l'eucharistie, il prépare le calice.

Elle entend alors derrière elle un murmure confus qui monte de l'assemblée, elle voit sa mère, pâle, s'avancer, déterminée, se placer à gauche de l'autel. Elle sent, dans son dos, l'agitation des premiers rangs. Sa mère, dont les mains tremblent un peu, sort lentement de son sac à main une feuille de papier et ses lunettes qu'elle ajuste ; elle pose la feuille sur le lutrin et dit d'une voix qu'on ne lui connaît pas :

«J'ai préparé une prière que je souhaite adresser au Seigneur en ce jour. Ma joie est entravée depuis de nombreuses années par une lourde peine que je ne peux plus garder.»

La voix s'élève, tendue dans un silence glacé.

«Seigneur, ait pitié de toutes les mères coupables qui viennent humblement te demander pardon, permets-leur de grandir dans ton amour, souviens-toi de Marie qui a tant souffert, accueille dans ta tendresse infinie les mères endeuillées qui ont vu un enfant partir avant elle, épargne à ma fille la souffrance que je traverse chaque jour depuis que tu m'as pris Jocelyn, mon petit ange, à l'aube de sa vie, conçu dans le péché.»

La jeune fille, sidérée, a bien entendu, mais n'est pas sûre d'avoir compris. Sa mère reste là, face à elle et à l'assemblée. Les yeux brouillés de larmes, elle semble prête à s'effondrer. Le prêtre s'est avancé pour la soutenir. Et personne n'a songé à entonner le refrain.

DILEMME

Le ferry est en train de manœuvrer pour l'accostage et le haut-parleur diffuse depuis plusieurs minutes en boucle et en trois langues l'avis aux voyageurs d'avoir à regagner leur véhicule. Igor attrape Raffaele d'une main et Primo de l'autre. Il cherche Paola et les filles des yeux.

Igor est fatigué et grognon. Il n'a dormi que quelques heures, en première partie de nuit, sur la digestion, après un infâme dîner. Une fois de plus, il s'est fait avoir par les apparences. Il a pris les aubergines farcies parce qu'elles avaient bonne mine. Erreur! Elles étaient gorgées d'huile à moitié rance, caoutchouteuses car trop peu cuites et la farce résistait sous la dent. Il n'a pas eu plus de chance avec la salade de fruits sortie tout droit d'une boîte de conserve. Il aurait mieux fait d'accepter la tranche de pastèque de Paola au lieu de se moquer des petites provisions qu'elle trimballe dans son sac isotherme en toutes circonstances! Il a réussi à dissimuler sa contrariété, pour ne pas gâcher la joie des enfants, heureux de se gaver de frites et de saucisses, entorse à la sacro-sainte alimentation bio préconisée par leur mère. Après le dîner à la cafétéria, les enfants ont voulu rester un moment dehors, espérant voir des dauphins dans le sillage du bateau. Les parents ont dit d'accord, à condition de rester groupés. Igor a mis Raffaele sur ses épaules, il a fait passer Primo devant lui et Paola s'est chargé des jumelles. Ils sont montés jusqu'au 4e pont arrière. Collés les uns aux autres, ils ont fixé longtemps, en silence, les sillons d'écume et les vagues noircissant dans la tombée du jour.

Igor a fermé les yeux. Il se fichait bien des dauphins ! Une brise fraîche lui caressait le visage, contrastant avec la douce chaleur diffusée par les corps amalgamés des petits et le flanc généreux de Paola sur son côté droit. Igor a senti un picotement dans ses yeux en repensant à la sommation véhémente d'Isabella, la veille de son départ en vacances. Il sait qu'il doit, pendant cette quinzaine de juillet, trancher, décider, choisir, cesser de se mentir à lui-même ainsi qu'à ces deux femmes qu'il aime pour des raisons bien différentes. Il va devoir perdre, laisser, fermer une porte et tenter de retrouver son unité intérieure. En cet instant, où il ressent physiquement la confiance de ses petits abandonnés contre lui, il est sûr de vouloir renoncer à la passion parfois destructrice qui l'enchaîne à Isabella. Igor a été tiré de ses pensées par l'exclamation de Primo.

« Là, regardez!

– Où ça, où ça? Je les vois pas », a dit Chiara en piétinant tandis que Nuncia, sa jumelle, tout excitée, tendait les bras vers le large, en essayant de grimper sur le premier barreau du bastingage.

Igor a tendu Raffaele à moitié endormi à Paola, il a soulevé Chiara, a orienté son visage vers l'alignement des petits dos gris et luisants émergeant de la vague et la fillette s'est mise à rire de contentement.

Après l'épisode des dauphins, il a fallu rester un peu pour expliquer le ciel dans lequel s'éclairaient progressivement les planètes et les étoiles. Primo a fièrement désigné l'étoile du Berger, Mars, et l'étoile Polaire. Igor a dit que l'étoile du Berger s'appelait aussi Vénus, que l'étoile Polaire s'appelait aussi Vega, et qu'en réalité, il s'agissait de planètes. Chiara la raisonneuse a voulu savoir la différence entre les planètes et les étoiles, Igor a éludé la question, il a montré aux enfants la Grande Ourse, la Petite Ourse et la Voie lactée, leur promettant que demain, il y aurait une autre leçon de ciel. Puis il a fallu regagner la cabine dans un invraisemblable dédale d'escaliers et de coursives. Igor s'est étonné lui-même de garder son calme lorsqu'après un quart d'heure de jeu de piste, il s'est rendu compte qu'il avait inversé dans sa mémoire le numéro 284 devenu 428 ! Paola n'a pas fait de commentaire, Raffaele a chougné en se frottant les yeux, et les filles ont gloussé, trop heureuses de ce contretemps qui retardait encore le moment du coucher. Il a fallu redescendre deux étages et remonter un long couloir avant d'arriver devant la cabine 284. Ils ont alors constaté qu'il n'y avait que deux lits superposés, soit quatre couchettes seulement. Igor s'est retenu d'exploser, il a demandé le plus calmement possible à Paola de sortir la réservation. Paola, habituellement si organisée, ne trouvait plus le papier. Elle a bien vu qu'il fulminait, elle a réussi à le calmer avec sa voix posée, un peu nonchalante, au timbre chaud et rassurant.

« Maintenant que nous sommes là, on va se débrouiller, tu ne crois pas ? Ça me paraît trop compliqué de demander à changer, on ne sait même pas à qui s'adresser ! On ne va pas recommencer à arpenter tous ces couloirs. Les enfants sont crevés. Et puis s'ils se sont trompés dans la réservation, on demandera un remboursement. Je ne bouge plus et je couche Raffaele qui n'en peut plus ! »

Paola s'est aussitôt exécutée, laissant Igor sur le palier tandis que les trois autres enfants se chamaillaient dans le couloir. Elle a déshabillé son petit dernier, sans oublier au passage de picorer de baisers sonores son ventre rebondi, lui a juste laissé son body car il faisait chaud et l'a allongé sur une couchette du bas, sous le mince drap, lui a donné son doudou, lui a murmuré à l'oreille un petit message d'amour, l'enfant a fermé les yeux en souriant. Igor est entré, Paola a posé sa main droite à plat sur son torse et a pointé l'index gauche en l'air :

« Toi, tu vas te mettre là-haut, Primo en face, les deux filles tête-bêche dans la même couchette et moi avec Raffaele. Va récupérer les autres avant que les voisins s'énervent. »

Une fois dans la cabine, les enfants calmés ont sorti chacun leur pyjama de leur petit sac à dos. Paola a tenu à ce qu'ils se lavent les dents dans le mini lavabo et c'est elle qui a donné l'ordre de l'extinction des feux.

Igor a ruminé une bonne partie de la nuit, il a tourné en boucle les différents scénarios possibles de son avenir, il s'est remémoré sa dernière tentative de rupture avec Isabella. Au bout d'un petit mois de silence réciproque (ils avaient d'un commun accord décidé de mettre fin à la relation) elle avait débarqué au bureau, en pleine réunion, forçant le barrage du secrétariat, prétextant la communication d'un message grave et urgent. Sanglée dans un imperméable rouge, perchée sur des talons de 10 cm, elle avait marché jusqu'à lui, son regard bleu dur fixant un point très légèrement au-dessus de sa tête. Elle lui avait tendu une enveloppe et avait dit d'une voix métallique : «Votre réponse est attendue avant ce soir 18 heures.» L'enveloppe contenait un très bref message : «*Je t'aime à en mourir! Et je vais te le prouver! Reviens-moi!*» Ce message en forme de chantage avait suffi pour qu'Igor y retourne, penaud, mais réenflammé aussitôt. C'est dans le souvenir coupable de l'étreinte de ces retrouvailles qu'il a fini par trouver à nouveau le sommeil alors que du gris pâle commençait à filtrer par le hublot.

Igor tient fermement Raffaele qui gigote et ne voyant toujours pas les filles et Paola, il envoie Primo à leur recherche.

«Je ne bouge pas. Si tu ne les as pas trouvées d'ici cinq minutes, tant pis! Reviens. On descendra à la voiture. Elles auront bien l'idée de nous y rejoindre.»

Raffaele agrippe les jambes de son père, lui fait comprendre qu'il veut les bras et un peu d'attention. Les bonnes résolutions d'Igor, garder son calme, se comporter en père responsable, se mettre pour ces deux semaines de vacances à hauteur d'enfant et se consacrer pleinement à eux, commencent à faiblir. À peine a-t-il perdu de vue Primo, avalé par la foule pressée, qu'il s'impatiente. L'attente n'est pas son fort. «Mais qu'est-ce qu'elle fout! Elle le fait exprès!» Une bouffée de ressentiment le submerge. Jamais Igor n'avait pensé devenir père de famille nombreuse. Jamais non plus, il n'aurait pu se douter de la transformation de sa Paola, indépendante et fantasque, brillante, pointue, toujours élégante, en mère à plein temps, totalement épanouie dans cette dépendance permanente à ce petit monde si terre à terre. C'est avec l'arrivée des jumelles que tout avait basculé pour elle. Igor, à l'annonce de cette double grossesse, avait été catastrophé. Il s'était déjà fait prier pour mettre en route le deuxième et voilà qu'ils avaient fait coup double! Les copains l'avaient grassement félicité pour cette manifestation de sa virilité! Il accueillait les plaisanteries en riant jaune, faisait mine d'être content. Paola avait dû s'aliter au quatrième mois, elle avait énormément grossi. Igor masquait sa déconvenue avec des petites appellations qu'il voulait tendres : «ma baleine, mon hippo, ma montgolfière…» Paola ne semblait pas trop se soucier de sa spectaculaire transformation, elle était toute entière absorbée par ce qui se passait en elle, soucieuse de mener à bon port ces petits êtres encore aquatiques. Igor faisait de son mieux, il posait ses mains sur le ventre de Paola, suivait le trajet des petits pieds, des petites mains qui valsaient sous la peau tendue. Il contemplait, fasciné, les seins énormes de sa femme. Il n'osait pas lui manifester son désir, ravalait sa frustration, se voulant avant tout respecteux de la mère. Pudique, il n'avait osé parler à personne de ce qui le tracassait : ces mois d'abstinence forcée n'allaient-ils pas installer de façon définitive entre Paola et lui un autre mode de relation ? Paola pourrait-elle, voudrait-elle redevenir sa femme ? La naissance des jumelles les avait ensuite plongés dans un tourbillon auquel il avait été contraint de prendre part. Il y avait eu du bonheur bien sûr, et des moments de joie partagée face à l'éveil de ces petits êtres de chair, émouvants, turbulents et si pleinement vivants. Sa chair ! Igor s'émerveillait des ressemblances et aussi des différences, il fondait devant ses deux petites princesses qui rivalisaient pour charmer leur papa. Il avait aussi fallu s'occuper beaucoup de Primo qui n'avait que trois ans et était abasourdi par ce qui était sorti du ventre de sa mère ! Évidemment Paola n'avait pas repris le travail et c'est ainsi qu'Igor s'était retrouvé « chef de famille » une notion qu'il pensait sincèrement avoir bannie de sa vie en réaction à l'éducation formatée qu'il avait reçue et consciemment rejetée. Au bout de trois ans, les petites allant enfin à l'école, ils avaient commencé à respirer de nouveau. Paola avait entrepris un régime, elle avait retrouvé un peu de goût pour s'habiller, elle recommençait à lire et à pouvoir parler d'autres choses que des petits tracas du quotidien, des bobos et des bons mots des chers petits. Pour leurs dix ans de mariage, Igor lui avait fait la surprise d'un week-end prolongé en amoureux à Syracuse. Ç'avait été une expérience mitigée, Paola avait été touchée, très émue même, mais elle n'était pas complètement disponible, elle n'avait pu s'empêcher d'appeler plusieurs fois par jour sa belle-sœur qui avait accepté de venir à leur domicile pour servir de nounou. Et si Igor avait été déçu, il n'en avait rien montré. Mais lorsque deux mois plus tard, Paola lui annonça sa troisième grossesse d'un air un peu contrit, il explosa ! Paola, en larmes, lui fit remarquer qu'il y était tout de même pour quelque chose ! Intérieurement, il se traita d'imbécile, de naïf, réalisant qu'il avait agi comme au siècle dernier, ne posant aucune question, laissant depuis le début à Paola toute initiative et responsabilité en matière de contraception. Et c'est là que tout avait basculé pour lui. Il n'avait pas été difficile à Isabella de le séduire. La première fois, ils s'étaient vus dans l'ascenseur de la tour Agnelli où Igor s'était rendu pour un rendez-vous chez un partenaire. Ils avaient échangé un regard appuyé puis troublé par miroir interposé et lorsqu'Isabella avait quitté l'ascenseur la première, au même étage que lui, elle s'était retournée pour lui faire de la main un petit signe accompagné d'un sourire amusé. La deuxième fois, trois jours plus tard, ils s'étaient retrouvés dans la queue du Sushi shop de l'avenue Lombardi. Tandis qu'Isabella ne cessait de mettre et d'enlever ses lunettes de soleil tout en le fixant effrontément, Igor avait détourné la tête et fait l'indifférent. La troisième fois, à peine deux semaines plus tard, ils étaient (par hasard ?) dans le même rang à l'église, aux funérailles de Monica, une journaliste de *Gente*, où il se devait d'être vu. Il n'avait pu se dérober cette fois-ci lorsque le regard voilé de tristesse, elle s'était adressée à lui avec cette voix qu'il n'oublierait plus jamais et qui lui évoquait celle d'une actrice française talentueuse et intensément féminine.

Igor frissonne et serre Raffaele contre lui. Le bateau est à quai et maintenant il n'a plus le choix. Il faut qu'il descende dans le parking, c'est lui qui a les clés du véhicule. Primo revient d'ailleurs vers lui avec son petit visage sérieux et inquiet. Igor essaye d'être rassurant.

« On va les retrouver à la sortie ! Elles vont sûrement sortir avec les piétons. C'est vrai qu'on n'a pas besoin d'être tous dans la voiture et que ta mère préfère respirer à l'air libre plutôt que d'être enfermée dans la cale avec tous ces moteurs en marche qui polluent. »

Le petit s'est endormi dans le siège auto. Primo se plaint de la chaleur, mais Igor lui rappelle qu'il ne peut pas mettre la climatisation en route tant qu'ils ne sont pas sortis. Enfin ! La file dans laquelle se trouve Igor semble se débloquer, et ça y est ! Voilà ! Ils émergent à l'air libre! Igor demande à Primo de guetter la file des passagers à pieds qui descendent de la passerelle. Primo scrute avec application et s'écrie tout heureux «je les ai vues, elles sont là-bas!». Igor se détend.

La voiture franchit la dernière barrière et se dirige vers la sortie de la gare maritime. Primo fait de grands signes à Paola qui vient vers eux. Elle est en grande conversation avec une jeune femme élancée, les petites sautillent à leurs côtés. Igor n'en croit pas ses yeux. Isabella!

FEMME VIRTUELLE

Au moment de fermer la porte de l'appartement, Benoît suspend son geste, hésite. Il revient sur ses pas, inquiet, vaguement conscient d'avoir oublié quelque chose. La vitre de la porte de la cuisine lui renvoie son reflet aux contours imprécis et il sursaute. Mon chapeau! Benoît s'apprêtait à sortir tête nue. Quelle horreur! Il sait si peu de choses sur cette femme qu'il va rencontrer. Il se voit soudain, tel qu'elle va le voir : de taille moyenne, mince, et surtout, surtout, cette calvitie disgracieuse sur le dessus de son crâne qui lui évoquera sûrement la tonsure du moine illustrant les boîtes de camembert. Il ne peut se résoudre à exposer ainsi crûment ce qu'il vit comme une petite infirmité à cette femme à laquelle il veut plaire.

Maintenant qu'il n'est plus protégé par l'écran de l'ordinateur, il se sent au pied du mur. A-t-il vraiment envie de cette rencontre ? De cette plongée dans le réel ? Il en veut soudain à sa sœur qui lui a forcé la main. Lasse de l'entendre se plaindre de sa solitude affective, de ses empêchements et de ses inhibitions, Cécile a balancé son profil sur Attractive World avec une photo flatteuse qui le fait paraître viril et joyeux. Certes, il a pu, par messagerie électronique interposée, confronter ses goûts avec ceux de Mimolette, 38-ans-cheveux-châtains-yeux-verts-catholique-non-pratiquante-divorcée-deux enfants-aimant-la-nature-et-la-littérature.

Le moteur de recherche du site leur a trouvé 98 % d'affinités. Benoît a de suite donné la totale exclusivité à Mimolette, sans essayer de correspondre avec d'autres profils, espérant effacer ainsi la désagréable impression qu'en ouvrant son ordinateur il avait choisi une marchandise sur un site de vente en ligne. Très vite, il a demandé à Mimolette si elle acceptait de lui donner son adresse mail et ils ont pu entrer en relation sans la protection du cadre imposé par le site de rencontre. Benoît, en novice, lui a ouvert sa boîte personnelle : benoitbassot@yahoo.fr. Mimolette est devenue fleur. deschamps@gmail.com. Il a tout de suite été charmé par cette identité et c'est lorsque Cécile lui a ri au nez qu'il a compris que c'était un autre pseudonyme. Il n'empêche ! Benoît a accepté que sa correspondante se dissimule derrière une identité poétique, tout comme il avait souri en se rappelant son dégoût d'enfant pour le fromage (à cause de l'odeur) déjoué par sa mère

grâce à la mimolette inodore, mais à la très belle couleur orangée. Il y avait vu un signe.

Pendant quelques semaines, les échanges de courriel
étaient allés crescendo. D'un message par jour, ils
en étaient venus à deux puis trois. Fleur avait invité
Benoît à utiliser une boîte de dialogues, et ils s'étaient
mis à «chatter» le soir après le boulot. Le ton assez
léger au départ, était progressivement devenu plus
sérieux, chacun se livrant par petites touches au travers de discussions sur des livres, films ou évènements
d'actualités.

Ils se découvrirent un engagement commun au sein
de l'organisation mondiale de protection de la nature,
s'étonnèrent d'avoir au fil de leurs vacances fréquenté
les mêmes lieux pourtant assez confidentiels : un coin
des Cévennes ou une vallée perdue de la Drôme.
Benoît évoqua son travail d'ergothérapeute, plutôt
méconnu d'ordinaire, et fût agréablement surpris de
constater que Fleur était bien au fait de la question.
Lorsqu'il lui demanda si elle aussi travaillait dans le
domaine paramédical, il obtint une réponse sibylline
et n'insista pas. Ils en vinrent avec précaution à des
confidences sur leur vie affective, Benoît avoua sa
timidité, sa solitude choisie, pour échapper à la peur
d'un nouvel abandon. Il raconta sobrement l'amour

fou de ses dix-sept ans, son engagement total dans une histoire adolescente qui avait duré plusieurs années, mais n'avait pas su évoluer. Fleur se contenta de dire que son divorce était arrivé au pire moment de sa vie, mais qu'aujourd'hui, elle se sentait bien au-delà de tout cela, qu'elle ne regrettait rien, qu'elle avait deux enfants chéris qui lui permettaient de donner du sens à son parcours.

C'est Benoit qui avait parlé de la possibilité d'une rencontre physique. Sa proposition avait été accueillie par un silence. Fleur s'étant dérobée deux soirs de suite à leur rendez-vous. Le troisième soir, elle était revenue en ligne, expliquant sa défection par le fait qu'elle avait eu besoin de réfléchir. Elle eut l'humilité de lui dire que cette étape lui faisait peur, il alla dans son sens, lui révélant qu'il était également très intimidé par cette avancée, que c'était une première fois, qu'il était presque sûr de la décevoir.

Ils convinrent ensemble que cela n'avait plus grand sens au point où ils en étaient de poursuivre cette relation virtuelle, qu'il était temps de se confronter à une vraie rencontre.

Ils ont rendez-vous au café des Négociants, un lieu réputé chic et bien connu des Lyonnais, au cœur de la presqu'île commerçante. Benoît est fébrile, à cause de l'enjeu de cette rencontre. Il se met la barre haut, c'est un peu son défaut, aujourd'hui renforcé par le fait que Fleur dont il ne connaît toujours pas la véritable identité vient spécialement de Valence pour le rencontrer. Il a compris au fil des échanges plus personnels que sa correspondante était plus expérimentée que lui dans cette forme de relation. Pour pouvoir le reconnaître, il a lui a dit qu'il porterait un foulard bleu (assorti à ses yeux) et *Libé* en évidence, n'étant dupes ni l'un ni l'autre quant à la ressemblance de la photo figurant sur le site ! Elle a indiqué qu'elle porterait dans les cheveux des fleurs en écho à son pseudonyme et n'a pas souhaité, à ce stade, lui donner son numéro de téléphone portable. Il réalise que c'est elle qui mène le jeu. Elle pourra l'observer à loisir, incognito, et lui poser un lapin si sa tête ne lui revient pas.

Benoît n'est pas un habitué des cafés pour touristes. Il est en avance. S'il passe régulièrement devant ce lieu incontournable, il n'y entre jamais, intimidé par le décor un peu compassé. En pénétrant dans le bar, il a du mal à dissimuler son trouble, se rend compte qu'il n'est pas du tout dans le dressing code. Il lui manque l'inévitable doudoune colorée en vogue cet hiver. Sa parka verte peut prêter à confusion sur son rapport à l'armée ! Il se dirige d'un pas mal assuré vers le bar, interrompu dans sa progression par un serveur sanglé dans un gilet prune :

« Vous êtes seul ? Je vous installe ?

– J'attends quelqu'un…

– Je vais vous mettre en vue, alors… »

Benoît croit voir un petit sourire sur le visage du serveur, il lit dans ses pensées, est sûr d'avoir été démasqué ! *Encore un de ces amoureux virtuels qui vient tenter sa chance…* Benoît s'installe, commande un diabolo menthe, sort discrètement son journal qu'il étale sur la table, en en dissimulant le titre, et fait mine de s'y absorber. Il jette furtivement des coups d'œil à sa montre toutes les trente secondes. Il a chaud puis froid, se sent au bord du malaise, est sur le point de se lever et prendre la fuite lorsqu'un remue-ménage attire son regard vers l'entrée. Un serveur s'est précipité et tient la porte grande ouverte pour laisser passer un fauteuil roulant électrique piloté par une femme qui tente de se frayer un passage entre les tables. Benoît, dans un réflexe enfantin, détourne son regard pour échapper à celui de la femme dont le front, ceint d'une couronne de fleurs aux couleurs vives, ne laisse aucun doute sur son identité. La première surprise passée, Benoît se ressaisit, et se lève pour aller au-devant de celle dont il a tout à découvrir.

L'ARC

La rivière est chargée d'eaux boueuses et le courant trop fort a dissuadé plus d'un pêcheur. Mais Victor, pour rien au monde, n'aurait raté le jour de l'ouverture.

Hier, il a rafistolé sa canne. Une longue canne en bambou, à l'ancienne, à laquelle il manquait des anneaux. Il en a bricolé deux ou trois avec du fil de fer, a rajouté quelques plombs sur le bas de ligne.

Tout à l'heure, il a été retourner la terre du potager pour chercher des vers. Il lui a fallu bêcher profondément pour extirper trois lombrics endormis qu'il a mis dans une boîte en fer au couvercle ajouré. Les petits vers rouges de fumier auraient été plus adaptés, mais il n'avait pas envie d'aller brasser le tas à l'entrée du village. Pas envie de croiser le Raymond ou la Maryse, toujours à l'affût du moindre mouvement derrière leurs carreaux.

Victor n'a pas pris la voiture. Il marche à grandes enjambées dans les champs derrière sa maison et monte jusqu'au col de la Madeleine. De là-haut, il surplombe les gorges de l'Arc, son territoire. Il voit les eaux tumultueuses et descend en bottes dans l'herbe encore couchée par les longs mois d'hiver sous la neige. Ça glisse! Il tient sa canne en l'air, à bout de bras, et maintient avec un doigt le fil de nylon et au bout l'hameçon qui, sans cela, irait s'accrocher dans les vernes. Il porte en bandoulière une sacoche verte qui garde l'odeur douceâtre des pêches de la dernière saison. Victor se demande s'il va pouvoir accéder aux gorges. Le niveau de l'eau est anormalement haut, les rochers luisent, le flux est violent. Il a pensé plus d'une fois qu'il pourrait terminer là. Ce ne serait pas pour lui déplaire. Qui donc le chercherait? Sûrement pas sa fille, partie très loin à présent. Sûrement pas sa mère qui a dû oublier jusqu'à son existence dans les brumes de son cerveau malade. Et au village? Le tatoué peut-être s'étonnerait de ne plus le croiser sur le chemin du Mollard. Mais avant qu'on vienne toquer à sa porte, il aurait eu mille et une fois le temps de boire le bouillon. Victor reste un moment immobile au-dessus des gorges. Il hésite. L'accès lui semble vraiment périlleux. Le chemin qu'il a tracé à force de passages en fin d'été est effacé.

Finalement, il décide de rebrousser chemin, il sait que dans quelques jours les gorges seront plus accueillantes. La patience n'est-elle pas la qualité du pêcheur?

Il remonte vers le village, se dirige vers le replat du canon. Les truites y sont moins grosses, la pêche moins sportive, il prendra des petites qui ne font pas la maille et devra les rejeter, en principe il n'aime pas ça, mais pour ce premier jour gris, où ciel et eau sont assortis, il s'en contentera. Victor aime tous les visages de la rivière, il la prend comme elle est, s'adapte à son humeur changeante, aujourd'hui sombre, furieuse et tourmentée, demain légère, cristalline.

C'est la rivière qui avait donné à Victor l'idée de son refuge.

Juste après l'accident, on l'avait assommé de médicaments. À l'hôpital, on lui transfusait en continu des antidouleurs et des anxiolytiques. Il passait ses journées dans un état second, réduit à ses sensations corporelles. Et puis, sa conscience avait émergé doucement. C'est une autre douleur qui était arrivée, lancinante, dévastatrice. Il en avait perdu la voix. Des semaines sans qu'un son ne sorte de sa gorge. Sa fille, à son chevet, avait beaucoup pleuré. Ensuite, elle était passée de la peine écrasante à la révolte. Elle venait moins souvent et à chaque visite, elle lui faisait reproche de son silence et de ses yeux secs. Un jour, elle vint lui dire sans pouvoir contenir sa violence qu'elle n'avait plus rien à faire ici, qu'il fallait pour sa survie qu'elle se tire loin, pour recommencer quelque chose, qu'elle avait une occasion de partir au Canada, que ce serait mieux pour tous les deux, qu'elle n'arrivait pas à lui pardonner l'accident, que lui, il allait s'en tirer, les médecins l'avaient dit, mais qu'elle, aucune rééducation ne pourrait guérir ses blessures, qu'elle ne supportait plus la compassion, les regards de pitié, ce malheur qu'elle sentait lui coller à la peau, en un jour elle avait perdu sa mère et sa fille, elle voulait être anonyme quelque part. Il ne fit rien pour la retenir. Il put même s'avouer au bout de quelques semaines qu'il était plutôt soulagé de ce départ.

Tant qu'avait duré sa prise en charge au centre de rééducation fonctionnelle, il ne s'était posé aucune question sur son devenir. Et puis, un jour, l'assistante sociale était venue lui parler de son possible départ et l'avait interrogé sur ses projets. Victor savait qu'il n'avait aucune envie de retourner dans sa maison. Aucune envie de se confronter aux traces d'une vie de famille dont les petits bonheurs se révélaient par leur manque, aucune envie de sentir dans chacune des pièces de ce lieu si investi ce qui faisait l'essence d'Agnès, son goût pour les tons chauds, ses trouvailles de chineuse exposées çà et là, sa bibliothèque.

Il ne voulait pas penser aux plantes, mortes d'avoir perdu celle qui prenait soin d'elle. Il fut soudain très angoissé. Il mit moins d'entrain à sa rééducation, bouda les séances de kiné. On lui proposa le psy. Le son de sa voix était revenu, mais Victor s'était mis à buter sur les mots. Pour masquer ce handicap, il prononçait toujours les mêmes phrases, simples, courtes, fonctionnelles. Il fut donc inquiet à l'idée d'avoir à parler d'autre chose que de la qualité de sa nuit et du choix du menu pour ses repas. Pourtant, il se laissa faire, curieux de la pratique de «rêve éveillé» en usage dans l'établissement.

La séance commençait par une relaxation. Victor, confortablement allongé, devait d'abord se concentrer sur sa respiration. La jeune femme qui conduisait le rêve se tenait derrière lui et l'encourageait d'une voix calme et bien timbrée à faire venir des images. Il déroulait ensuite ces images et les commentait pour tenter de les faire partager. Il lui fallut plusieurs séances avant que les images deviennent agréables. C'est là qu'il vit et entendit la rivière. C'était en fait un torrent de montagne, grondant et chantant à la fois, dont le cours était très varié. Il prit plaisir à s'imaginer le remonter jusqu'à sa source. Il se vit, enfant, jouant des heures à construire des barrages, à chercher le long des berges de beaux galets colorés polis par l'eau, à faire des ricochets. À force d'explorations mentales, un jour, il put la nommer. Il l'avait reconnue, c'était l'Arc, dans

ON EST BIEN PEU DE CHOSE

sa portion entre Bessans et Lanslevillard où il avait séjourné l'été de ses dix ans. Ce séjour avait été une exception dans ses vacances à l'organisation immuable. Pourquoi avait-il été envoyé là, sans ses parents ? Avec qui avait-il découvert les joies de la rivière ? Aucun souvenir d'évènement ni de compagnie, Victor se voyait seul dans la rivière, pris par son mouvement et son chant, heureux du contact avec l'eau, les pierres et le soleil.

Alors, il sut qu'il tenait le lieu d'un possible apaisement. Victor vendit sa maison, mit la moitié du produit de la vente en assurance vie pour sa fille, eut la chance de trouver une ruine à restaurer au pied du col de la Madeleine, à trois kilomètres du village de Bessans.

Depuis quatre ans maintenant, il habite La Chalp et, au gré des saisons, il a trouvé son rythme : le potager à partir de mai et durant tout l'été, la récolte du bois et des champignons à l'automne, les grandes virées dans la neige en hiver, la pêche à la truite dès l'ouverture et jusqu'en septembre, le ramassage des framboises et des myrtilles, le soin des abeilles pour sa petite production de miel.

Les gens du village sont curieux, mais pas causants. S'ils se sont posé des questions à son sujet, ils ne les ont jamais formulées. Bien sûr, à son arrivée, Victor avait été regardé de travers. La première fois qu'il l'avait rencontré dans la rivière, Raymond lui avait dit que par ici, on pêchait au lancer et à la cuillère et que la pêche au ver, c'était bon pour les viandards, des sauvages qui ne valaient pas mieux que les chasseurs venus de la ville, ceux qui traquaient le chamois avec des fusils à lunettes sans même sortir de leur 4x4. Victor n'avait rien dit. Il avait continué à faire à son idée, indépendant, mais disponible aussi s'il fallait donner un coup de main. Au fil du temps, il s'était senti à peu près toléré, surtout depuis qu'il avait aidé au sauvetage des moutons de Raymond, bloqués dans l'alpage par une première neige trop précoce.

Lorsqu'on a choisi sa solitude, on n'en souffre moins. Souvent, les pensées de Victor s'enroulent et se déroulent autour de la vie et de la mort étroitement mêlées. Il n'est pas morbide, juste dans la conscience que la vie va sur un fil, qui peut se briser soudain, cette vie néanmoins présente en toutes choses. Le contact avec la nature lui est un baume adoucissant, il a intégré dans son rythme le cycle des saisons, il ne se connaissait pas ce goût pour la contemplation, ni cette patience du jardinier, ou cette reconnaissance pour les dons d'une nature à la fois rude et généreuse à qui sait l'honorer. Sa vie simple, faite d'une succession de petites choses matérielles sans cesse recommencées est un solide ancrage dans une réalité grâce à laquelle il se sent pleinement vivant.

Ce matin, ses bottes s'enfoncent dans la terre molle du bord de la rivière. Il remonte son cours en l'observant. Elle bouillonne, le courant fait rouler des pierres dans un grondement peu engageant. Il progresse lentement, se demandant si sa partie de pêche ne va pas se transformer en simple promenade, quand, au loin, il aperçoit une silhouette. Il hésite à rebrousser chemin. Puis il se dit qu'un hochement de tête à l'adresse du pêcheur suffira, le bruit couvrira le son des voix, pas besoin d'entamer la conversation.

La silhouette est immobile, figée même, à l'endroit où le Ribon se jette dans l'Arc. Victor avance et voit la personne se baisser puis se relever à plusieurs reprises. Qu'est-ce qui mérite d'être ainsi ramassé ? Victor pense à sa collection de bois flotté, dont les formes cachées sont révélées par son patient travail de nettoyage et de polissage, il songe à sa fierté lorsqu'il a eu l'idée de reconvertir une partie de son matériel de dentiste pour cette activité minutieuse de mise en valeur des dons de la rivière.

Il s'est rapproché et distingue maintenant une femme. Ses cheveux battent au vent, elle lui tourne

le dos, ne l'a pas vu venir. Elle se met en marche, titu-
bante, et entre dans l'eau. Il lui faut quelques secondes
pour réaliser qu'elle n'a ni bottes ni canne à pêche et
qu'elle se dirige droit dans le courant violent en cette
saison. Victor crie, mais le son de sa voix se perd dans
le fracas. Il entre à son tour dans la rivière, lâche sa
canne, voit la femme s'accroupir et s'abandonner à
l'eau boueuse et tourbillonnante.

Victor lutte contre le courant pour remonter au
centre, il guette le passage de ce gros paquet de chiffons, il se propulse en avant pour tenter de l'attraper
par un bout, l'eau froide entre dans ses bottes qui
s'alourdissent, Victor se raidit pour conserver son
équilibre, il plie les genoux et jette ses bras en avant,
ça y est! Il tient un morceau de tissu et tire de toutes
ses forces, il a réussi à faire dévier le corps qui est sorti
du flux central. Victor remonte sur la berge en traînant
son fardeau. La femme inanimée est anormalement
lourde, sans doute lestée par des pierres dans ses
poches. Il ne voit pas son visage, tourné vers le sol.

Maintenant que la rivière ne peut plus l'emmener,
il reprend son souffle et ses esprits avant de la mettre
à plat dos. C'est Maryse! Il constate avec soulagement
que son torse se soulève faiblement, il la place sur le
côté, la couvre avec sa parka, s'interroge sur la conduite
à tenir. Mais soudain le corps de Maryse est agité de

soubresauts, elle se met à vomir, Victor s'agenouille, pose sa main sur son front et lui tient les épaules, il la soutient et l'encourage, elle est prise de hoquets, elle crache et se libère peu à peu. Après l'eau de la rivière, c'est un flot de larmes, de gémissements. Maryse tremble, Victor ne dit rien, il attend qu'elle se calme. Elle s'est assise, a caché son visage dans ses mains. Elle dit « j'ai honte » et répète plusieurs fois « j'ai honte, j'ai honte » et puis Victor entend comme une incantation « ma petite fille, ma petite fille, pardonne-moi ! »

Victor lui propose de venir jusqu'à chez lui, il fera sécher ses vêtements et lui préparera un bon grog, elle n'a pas à s'inquiéter, il ne dira rien à personne. Victor vide ses bottes, essore son pantalon, remet sa parka sur les épaules de Maryse qui s'est levée. Il cherche des yeux sa canne à pêche, elle a dû partir au fil de l'eau.

Ils avancent côte à côte en silence jusqu'à la maison. Victor a trouvé des vieilles nippes pour Maryse et l'installe devant la cheminée. Le bois est déjà prêt dans le foyer, il suffit de craquer l'allumette pour faire partir la flambée. Avec la bonne chaleur du feu, Victor sent Maryse se détendre. La bouilloire chante sur la gazinière, il met à infuser quelques brins de génépi séchés, remplit deux bols.

Ils sont en silence devant le feu, la flamme danse au fond de leurs yeux. La pénombre de la pièce crée une sorte d'intimité, Maryse se décide à parler :

« Merci. J'ai eu de la chance, ça tient à peu des fois. »

Maryse pleure doucement, Victor se tait pour ne pas la brusquer.

« Quinze ans qu'elle s'est noyé la petite, dans le Ribon, au début d'avril… Elle aurait vingt-cinq ans maintenant… On a dû t'en parler au village ? Ma fille me l'avait confiée pour les vacances de Pâques… on allait promener le chien au bord de la rivière, je la laissais gambader et sauter de rocher en rocher, j'étais loin derrière à ramasser du bois… C'est quand le chien est revenu vers moi en jappant… j'ai compris qu'il se passait quelque chose d'anormal… Elle a dû glisser, sûrement, sa tête a cogné sur un rocher… J'ai couru du plus vite que j'ai pu… J'ai vu son corps immobile en bas, coincé entre deux rochers… J'ai cru mourir sur place, j'ai bien pensé de m'y mettre moi aussi dans la rivière, j'aurais peut-être dû… ça m'aurait évité toutes ces années, le remords, les reproches de ma fille. Des fois j'arrive à vivre avec tout cela et puis… »

Les larmes de Maryse continuent de couler sur son visage, sans bruit.

« J'ai plus personne à qui parler depuis que le curé est parti, je suis pestiférée, tu comprends… des fois que le malheur, ça serait contagieux… J'ai bien pensé m'en aller… pour aller où ? Je suis née ici, j'ai jamais quitté la vallée ! Et puis… J'arrive pas à quitter la rivière qui m'a pris ma petite Noémie. »

Maryse s'est tue, elle se tourne, regarde Victor. Dans les yeux de l'homme silencieux, il y a toute la douceur des tons gris et bleus de la rivière au printemps.

DÎNER EN VILLE

Samedi dernier, j'avais accepté l'invitation de Chantal. Chantal consacre beaucoup d'énergie à faire se rencontrer des gens d'origines diverses, elle aime provoquer des assemblages inédits. J'avais fini par céder à son insistance. Elle tenait absolument à nous faire rencontrer les Duval, convaincue que nous aurions des choses à partager : le goût des voyages, une enfance en Tunisie, un vague et lointain cousinage commun. Nous serions une dizaine, ce serait simple, m'avait-elle dit. Connaissant Chantal, je n'aurais pas dû la prendre au mot.

Nous arrivâmes vers 20 heures 30. D'emblée, je fus mal à l'aise. Nous étions en pantalon et pull confortables, tandis que les convives déjà présents s'étaient mis sur leur trente-et-un. Les hommes en chemise claire, veste et cravate. Les femmes en robe ou jupe, chaussures à talons, brushées, maquillées, accessoirisées. Je ne connaissais personne en dehors de nos hôtes.

Le volume sonore me fut tout de suite difficilement supportable. Les aigus dominaient. Je ne savais pas comment m'insérer dans ce brouhaha. Chantal me présenta. Je souriais, serrais des mains, sans retenir les noms ni rencontrer de regards. J'écoutais ces gens échanger des propos sur les mérites comparés des différentes écoles de commerce fréquentées par leurs enfants, sur l'Alzheimer de leurs vieux parents, sur les derniers produits de défiscalisation ou les destinations lointaines de leurs prochaines vacances.

La conversation, animée, se déroulait sur un mode enjoué et dynamique. J'entendais des rires, je voyais certains des convives circuler de groupe en groupe. Je me retrouvais vite solitaire et muette, les fesses à demi posées sur le bord d'un canapé, une coupe de champagne à la main. Je jetai un coup d'œil à Paul et vis sur son visage les signes d'un flottement familier : les yeux dans le vague et un vague sourire, des hoche-ments de tête mécanisés à l'adresse d'un voisin en plein monologue.

Après l'apéritif, Hubert, le mari de Chantal, nous invita à prendre place autour de la table. Il nous plaça en alternant homme et femme, veillant à séparer les couples. À sa droite, il installa une femme grisonn-ante et austère, sans doute la plus âgée d'entre nous. Je constatai que mes voisins arboraient calvitie et bedaine. Ils ne m'inspiraient à priori aucun sujet de conversation. À peine assis, mon voisin de droite me proposa du vin. J'opinais. Je vis bientôt les hommes se livrer à ce rituel auquel les femmes prennent rarement part : chacun prit son verre, le porta à son nez pour le respirer puis l'éleva un peu au-dessus de ses yeux pour le contempler en le faisant tourner durant quelques secondes, avant de le porter à ses lèvres pour en prélever une petite gorgée. Puis chacun y alla de son commentaire sur la senteur, la couleur et le goût en usant d'un vocabulaire métaphorique.

Cette cérémonie achevée, Chantal s'éclipsa en cuisine un instant et revint porteuse d'un grand plat qu'elle déposa au centre de la table. Elle s'était surpassée : une terrine de poisson en entrée, nappée d'une sauce légère à l'estragon, suivie d'un agneau de sept heures fondant sous la langue avec un assortiment de petits légumes croquants. Pour vaincre l'ennui, je mangeais avec application et me resservit à chaque passage, malgré mes résolutions. Mon voisin de droite, après quelques questions très convenues visiblement destinées à nous situer par rapport à son propre univers se découragea de mes réponses minimales et ne m'adressa plus la parole. Quant à mon voisin de gauche, il semblait mobilisé par le contenu de son verre qu'il ne cessait de remplir et la conversation de son autre voisine qui s'était lancée dans une diatribe véhémente contre le progressisme du nouveau curé fraîchement arrivé à la paroisse.

J'avais compris, mais cela fût confirmé lorsque je captais ça et là des bouts de conversation que la table était bien composée : un notaire, un pharmacien, un expert-comptable, auprès desquels Hubert, architecte paysagiste, passait pour exotique.

Au moment du plateau de fromages, j'étais grognon et je devais me contrôler pour ne pas être franchement désagréable. Les convives s'étaient tous extasiés sur le talent de cuisinière de Chantal qui nous avait régalés avec des mets à la fois simples, mais *tellement raffinés* ! J'avais apprécié comme les autres, mais n'avais pas été capable de mêler ma voix au concert de louanges. J'évitais de parler, car je sentais comme une irrépressible envie d'aboyer. Et soudain, chacun des convives m'apparut dans sa peau de bête ! Plus aucune parole audible, mais les sons mêlés d'une invraisemblable basse-cour : des gloussements, des roucoulades, des grognements, des bêlements timides ou approbateurs, des bourdonnements lancinants, des miaulements aigus des ronronnements de satisfaction, des cancans, des gazouillis, des pépiements flûtés. Je cherchais au milieu de cette assemblée animale quelqu'un qui paraisse amical. En vain ! La fin du dîner fut un cauchemar. Dans un état second, je vis circuler de place en place un énorme vacherin crémeux qui provoqua une nouvelle extase sonore chez l'ensemble des convives. La femme austère à côté d'Hubert s'était mise à glousser comme un dindon sans que j'en comprenne les raisons et je vis le groin de mon cochon de voisin amateur de vin barbouillé de chantilly. J'avais repéré en bout de table une sorte de roquet rouquin dont les jappements rauques excitaient mon agressivité et je dus me retenir de planter mes crocs dans son mollet lorsque nous nous croisâmes en sortant de table.

C'est le regard inquiet de Paul qui me ramena à une certaine réalité. Nous étions tous en rond, installés dans le salon et Chantal venait de me demander pour la troisième fois si je prendrais une tisane ou un café. La basse-cour était étrangement silencieuse, comme suspendue à ma réponse et je réussis enfin à desserrer mes maxillaires dangereusement crispés pour dire d'une voix étouffée « rien pour moi, merci Chantal ».

Ramenée au langage et à mon humanité, je me sentis vide et assez honteuse. Pour quelles raisons n'étais-je pas capable d'accepter de jouer ce jeu social auquel j'avais pourtant consenti en acceptant cette invitation ? Un refus intérieur très puissant dont l'origine m'échappait me conduisait à choisir l'exclusion teintée de mépris plutôt que l'intégration. Tous ces gens ne m'avaient rien fait, ils étaient sûrement prêts à me considérer comme une des leurs, il suffisait de presque rien, de sourire, de donner des réponses neutres et de poser quelques questions pour faire mine de s'intéresser. Mais j'en étais totalement incapable, voulant me démarquer d'un monde qui était pourtant le mien.

Ce dîner m'avait épuisée. Dans la voiture, au retour, je restais silencieuse. Paul s'était visiblement ennuyé, ce qui ne l'avait pas empêché de remercier avec chaleur Chantal et Hubert pour leur accueil. Je l'enviais dans cette faculté de dire avec une apparente sincérité des choses auxquelles il ne croyait pas vraiment. J'évitais de l'interroger sur son ressenti de la soirée et je gardais pour moi ce moment d'intense étrangeté.

PLUS JAMAIS ÇA

Les portes grillagées de l'ascenseur coulissent en grinçant. Étienne entre le premier, à reculons, face au brancard qu'il tire vers lui. Il surveille le visage du vieil homme allongé, teint cireux, narines pincées, dont la respiration sifflante semble de plus en plus faible. La femme qui a accompagné le vieillard dans l'ambulance, sa fille sans doute, entre à son tour, puis Gilles, son coéquipier, suit derrière. La fermeture des portes est stoppée par un bruit sourd, la lourde cabine sursaute, les portes s'ouvrent à nouveau sur deux grands gaillards en blouse blanche qui s'engouffrent bruyamment dans l'espace réduit. Étienne, silencieux, jette un coup d'œil réprobateur et inquiet aux consignes de sécurité affichées au-dessus de lui. Il appuie de nouveau sur le bouton du troisième. La cabine se hisse péniblement de quelques mètres puis elle s'immobilise en couinant.

Silence consterné, échange de regards, Étienne actionne tous les boutons qui sont à sa portée, avec flegme, mais rien ne bouge. À travers les grilles, il ne voit qu'un bout de mur aveugle. Son regard se brouille soudain ; les voix protestataires des deux jeunes l'agressent et les cris d'appel qui résonnent dans cet espace réduit semblent prendre leur source à l'intérieur même de son corps. La femme reste silencieuse, le vieil homme a les yeux fermés, on ne sait s'il dort ou si sa conscience s'éloigne. Étienne regarde Gilles, mais sans vraiment le reconnaître tant il lui paraît hostile : visage fermé, regard sombre, mâchoire serrée, et ses mains qui s'agitent. Étienne s'accroche au brancard. Ses jambes sont cotonneuses, ses oreilles bourdonnent. Le temps a perdu sa consistance. Sont-ils bloqués depuis trois minutes, un quart d'heure, une heure ? Il ne supporte pas cette promiscuité des corps, il reconnaît l'odeur du stress, une sorte de sueur acide qu'il déteste. Il ferme les yeux et essaye de faire venir sur son écran intérieur des images de ciel ou de prairie verte piquetée du jaune des pissenlits, il respire comme on le lui a appris lorsqu'il était là-bas, en allant chercher l'inspire au plus profond de son ventre, il cherche les premiers mots d'une prière, en vain. Quel soulagement lorsque, dans un grincement, la lourde cabine se remet en marche lentement.

Chaque année, ça revient. Étienne redoute l'arrivée de novembre. N'imaginez pas que ce soit en rapport avec la Toussaint et ses rites mortuaires. Étienne n'est pas croyant. Il n'attache pas d'importance aux fêtes carillonnées. Dans sa vie, ce ne sont pas les morts qui le hantent, mais plutôt les absents, ceux qui l'ont renié, qui l'ont contraint à l'exil dans cette petite ville sans âme et sans couleur. Étienne ne sait plus vraiment d'où vient sa souffrance. Elle est désormais diffuse, familière, presque douce parfois, teintée de nostalgie : la nostalgie des paysages de sa terre natale : le mariage à l'infini du ciel et de l'océan, les couleurs pastels, fondues qui éveillaient en lui un désir d'aquarelles, les immenses étendues striées de sable mouillé à marée basse, les algues languides telles de longues chevelures emmêlées.

Décidément, Étienne ne se fait pas à sa terre d'adoption forcée : trop de lignes nettes, dures, brisant l'horizon, et tout ce vert sombre et monotone des forêts de résineux qui l'oppresse. La douleur est plus forte en novembre, simplement parce que la tombée du jour, cette heure grise entre chien et loup, coïncide avec sa sortie du travail. Étienne ressent alors le poids de l'ombre, une ombre qui oblitère ses pensées et réveille sa solitude.

Ce soir, il vient de garer son ambulance dans la cour. Il a grommelé un vague bonsoir à l'adresse de Gilles, son coéquipier, et claqué le portail derrière lui, laissant à l'autre le soin de le verrouiller. Étienne a toujours un prétexte pour s'éclipser juste un instant avant les autres. Il s'arrange pour ne pas avoir à manipuler les trois verrous du portail.. Il ajuste les écouteurs de son MP3 et dès que les premières mesures de la neuvième symphonie de Beethoven se répandent, il part à pied en direction de chez lui en comptant ses pas qu'il s'applique à espacer régulièrement, encore imprégné d'un rythme qui s'est imprimé en lui lorsqu'il était enfermé. Concentré jusqu'à 530, il lève soudain la tête, comme aimanté par quelque chose de vague. Il vient juste de dépasser le supermarché, renonçant finalement à remplir son frigidaire tristement vide. Ras-le-bol d'échanger des banalités avec la caissière sous les néons : il n'en peut plus de ces phrases, vides de sens et de chair. Pourtant, dans cette ville où il est un anonyme, le sourire accueillant de la jeune femme ouvre des possibles. Mais quel avenir peut avoir un homme sans passé ? Il est en train de longer le parking couvert qui jouxte le magasin. C'est un bloc de béton de trois étages, ajouré à chaque niveau par une ouverture étroite qui court le long de la façade.

Son regard est attiré vers le second niveau. Il s'arrête, lève les yeux, et soudain, il voit : des corps en mouvement, ou plutôt un corps à corps. De la masse humaine et indifférenciée qui passe puis disparaît et repasse, éclairée par intermittence, émerge un bras levé comme l'appel d'un nageur épuisé sur le point de couler. Étienne hésite. Il sent tous ses muscles se crisper. Que faire ? Y aller ? Non ! Plutôt appeler les flics… Des images et des sons lui reviennent : les éclairs bleus associés au son strident de la sirène, le claquement sec de la menotte qui se referme sur ses poignets, l'odeur de pisse dans la cellule de garde à vue, le mur écaillé, couvert de graffitis obscènes. Étienne se tient le ventre, la peur, l'humiliation, l'accablement, tout est là, planqué dans ses tripes, comme un animal enragé, prêt à bondir.

Il s'éloigne, la tête rentrée dans les épaules. Il n'a pas quitté ses écouteurs. La musique de Beethoven couvre facilement les cris à moitié étouffés de la femme violentée.

Depuis quelques semaines, Étienne éprouve un sentiment étrange, une peur vague qui provoque chez lui des comportements inhabituels. Il se retourne souvent pour vérifier qu'il n'est pas suivi, garde les volets de son appartement fermés, laisse sa clé dans la serrure lorsqu'il verrouille sa porte. Ses nuits se peuplent de cauchemars. Il croyait s'être mis à l'abri en partant loin, en changeant d'univers, en exerçant un nouveau métier dans lequel il pouvait être silencieux sans s'attirer d'hostilité : nul besoin de discours pour transporter des corps malades sur des brancards, les charger dans l'ambulance et conduire un véhicule qui trace sa route grâce à une lumière clignotante réglementaire. Au début, la sirène et les jeux de lumière lui rappelaient douloureusement les transferts de la prison au tribunal dans le fourgon cellulaire. Avec le temps, il goûte désormais le plaisir d'être aux commandes, et de voir la route se dégager devant son véhicule.

Étienne avait cru au pouvoir dépaysant de nouveaux lieux et de nouvelles têtes. Et il avait commencé par changer la sienne en se laissant pousser la moustache. Il était assez fier du résultat. Un peu de persévérance et voilà qu'il se trouvait dans la glace des faux airs de Jean Ferrat. Trois ans déjà dans la petite ville dont il avait très vite recensé les ressources : les parties de belote au café des sports, le cinéma d'art et essai tenu à bout de bras par une poignée de professeurs du lycée Brillat Savarin, le club cycliste (route et VTT) et la société des mycologues. Mais aucune activité, si captivante soit-elle, ne pouvait combler le vide relationnel qu'il s'était choisi. Étienne butait toujours au bout de quelque temps sur les questions des uns ou des autres, questions innocentes sur sa région d'origine, son métier, sa famille, les raisons qui l'avaient attiré dans cette ville d'ordinaire peu prisée, en voie de désertification.

Étienne restait évasif et les gens finissaient par se décourager. Il refusait les invitations, on avait fini par le qualifier d'ours et on le laissait à sa solitude.

Étienne n'a jamais été habile avec les mots. C'est peut-être ce qui a causé sa perte. Lorsque les gendarmes s'étaient présentés à son domicile, ce fameux matin, il n'avait pas eu besoin de feindre l'étonnement. Il les avait suivis sans difficulté, serein malgré le mystère entretenu sur les motifs de leur intervention. L'entretien dont il ne pouvait imaginer qu'il fût déjà un « interrogatoire » avait porté sur son emploi du temps du samedi après-midi. Était-il exact qu'il se trouvait à la salle omnisport de Saint Suliac avec l'équipe de volley qu'il avait pour mission d'entraîner ? Était-il exact qu'il avait, comme chaque samedi d'entraînement, ramené chez elle la jeune Soizic Le Quellec qui habitait son quartier ? Étienne avait confirmé et répondu sans détour.

Que pensait-il de la jeune fille ? Était-elle équilibrée, lui connaissait-il des problèmes familiaux ? Avait-il reçu ses confidences ? En effet, la jeune Soizic, qui souffrait d'être écartelée entre ses parents séparés, s'était confiée à lui, mais il n'en dirait pas plus, ne voulant pas trahir la confiance qu'elle lui avait témoignée. La conversation avait pris alors une tournure désagréable, on avait insisté pour connaître des détails sur sa vie très privée comme la fréquence de ses rapports sexuels et la nature de ses préférences. Étienne s'était braqué, avait refusé de répondre, on l'avait isolé un long moment dans une pièce sans fenêtre, avant de le conduire devant le brigadier en chef et sa machine à écrire.

On l'avait alors informé des accusations de la jeune fille. Des accusations précises, détaillées, rapportant le lieu, les circonstances, décrivant les gestes déplacés, les abus réitérés, toute une escalade jusqu'à l'insoutenable : un récit qui selon les gendarmes avait des accents de vérité. Étienne avait cru à une très mauvaise plaisanterie, peut-être une vengeance concertée entre la mère et la fille ? N'avait-il pas refusé les avances explicites de Madame Le Quellec dont la maladie bipolaire conduisait parfois à des comportements totalement désinhibés ? Il avait exprimé spontanément cette thèse et avait senti l'impression désastreuse causée par l'évocation de cette hypothèse. Tout le reste avait obéi à une implacable logique. Étienne, abattu, incrédule, avait été incapable de répondre aux questions, même les plus anodines. Il s'était enfermé dans un mutisme têtu et suicidaire. Le soir même, il était en prison.

Après de longs mois d'enquête et une confrontation éprouvante avec la jeune Soizic qui s'était finalement rétractée, le juge d'instruction avait conclu à un non-lieu. Il avait été libéré. Le suicide de la jeune fille dans le mois qui avait suivi l'avait plus sûrement condamné qu'un verdict d'assises. Étienne avait fait le choix de l'éloignement, pour échapper à la haine et à la suspicion. Il avait délibérément enfoui en lui son questionnement sans réponse et opté pour le silence qui allait à la fois dans le sens de son caractère et de son héritage familial.

Étienne, loin de l'épicentre du séisme qui avait ravagé sa vie, découvrait la fragilité de cette nouvelle construction prête à s'écrouler parce qu'il avait fait le choix de la lâcheté ce soir de novembre où la voix de la peur lui avait soufflé « plus jamais ça ».

LE DJEMBEFOLA

Sangoma sort de la camionnette. Le jour pointe à peine. Le cou rentré dans les épaules, les mains dans les poches, Sangoma attend le signal. Les sangles trop serrées de son casque de chantier jaune fluo lui cisaillent la peau à la base du menton.

Juste avant de grimper sur l'échafaudage, il boit une gorgée de café chaud dans le gobelet que lui tend Saïd. Il a le pied posé sur la première échelle lorsqu'il est rappelé à l'ordre par le patron qui lui jette un baudrier en gueulant. On entend le cliquetis des barres de fer saisies à pleines mains par les gars et leurs pas sur les coursives.

Sangoma monte et descend plusieurs fois en charriant à bout de bras les pots de peinture. La façade a été sablée et aujourd'hui on va attaquer la sous-couche. «On commence par le haut», a rappelé le chef. Sangoma suit son équipier qui porte les pistolets. «Les gars, y faut pas traîner», a dit le patron. «On a deux semaines pour tout faire avant l'arrivée du gel.

Saïd, tu montres à Mamadou comment on utilise le pistolet. »

Les fenêtres commencent à s'allumer. C'est bien tentant de jeter un coup d'œil à l'intérieur. Souvent les cuisines n'ont ni volets ni rideaux. Pas comme les salles de bains ou les chambres à coucher. En repassant au quatrième, Sangoma s'arrête un instant pour souffler. Son regard s'attarde sur une petite famille attablée : un bébé dans sa chaise haute buvant goulument son biberon. Une fillette mal réveillée, la mine chiffonnée, un garçon plus grand, à lunettes, le cartable déjà sur le dos, le visage à moitié masqué par un grand bol, la mère en peignoir allant et venant entre la cuisine et l'arrière de l'appartement, une brosse à cheveux dans une main, un bonnet dans l'autre. Le bébé se tourne alors vers la fenêtre et se met à hurler. Sangoma approche son visage dans la lumière et l'enfant crie de plus belle. La mère vient au carreau pour voir ce qui provoque les cris du petit. Elle recule vivement d'un pas. Le jaune fluo du casque fait ressortir la noirceur du visage de Sangoma. Il se met à sourire de toutes ses dents et toque contre la vitre, puis fait les marionnettes avec ses mains, les faisant pivoter de droite à gauche, tout en agitant les doigts. L'enfant s'arrête net de pleurer. La mère resserre les pans de son peignoir et s'approche à nouveau de la fenêtre.

La veille, c'était jour de repos. Sangoma supportait mal les dimanches au foyer, l'étroitesse de sa chambre, les hommes désœuvrés passant le temps dans la salle commune à jouer aux cartes et à fumer, à montrer des photos de la famille restée au pays.

Vers 11 heures, il était sorti pour aller au marché. Une habitude lui rappelant de loin, de très loin le dimanche à Dakar, chaleur, couleurs, odeurs en moins. Il allait, c'était plus fort que lui, directement à l'étal des fruits exotiques, mais, chaque fois, il était déçu : trop verts, trop chers.

Il n'avait plus d'appétit. Avant d'entrer dans l'hiver, il ne savait plus comment se nourrir. Il avait pris l'habitude de casser un œuf dans un bol d'eau bouillante relevée d'un bouillon cube et de quelques épices, y ajoutant un peu de semoule et de pain pour plus de consistance. Il ne pouvait faire beaucoup mieux, n'ayant dans sa chambre qu'une plaque de cuisson et une bouilloire électrique, à côté d'un minuscule évier. Les autres ne comprenaient pas qu'il boude la cuisine commune, mais Sangoma n'avait pas envie de s'expliquer.

Après le marché, il déambula le long du fleuve, sur les berges aménagées où cyclistes, amateurs de rollers, joggers, promeneurs se partageaient les allées délimitées par des pelouses et de maigres plantations. Ce dimanche, il faisait humide. Sangoma pressa le pas, attiré par le son des djembés. Les jeunes avaient l'habitude de se poser sur les marches en gradin, juste au-dessus des bassins. Ils arrivaient par petits groupes, avec leurs instruments, guitares et tambours en tous genres. Sangoma resta un moment à les regarder d'un peu loin. Puis il s'approcha et s'assit. Immobile d'abord, il se mit à scander le rythme avec un pied, puis avec la tête. Lorsqu'un jeune rasta lui tendit son djembé et l'invita à entrer dans le cercle, il sourit.

La veille, les enfants étaient chez leur père. Sophie en avait profité pour s'occuper un peu d'elle. Elle avait commencé par faire la grasse matinée. Puis elle s'était fait couler un bain. Dans la baignoire remplie au trois quarts, elle paressa un long moment, rajoutant régulièrement de l'eau bien chaude avec un petit sourire de satisfaction. Vincent n'était pas là pour critiquer son gaspillage. Ses pensées flottantes la ramenèrent sur une plage, elle revit cette merveilleuse crique découverte en Corse, au cours d'une randonnée à pieds sur le Mare i Monti. Elle avait eu envie de s'y arrêter, peut-être même y passer la nuit, sous la voûte étoilée, mais Vincent s'y était opposé. *Tu comprends, on a réservé au gîte, c'est payé, alors si on commence à improviser… faut y aller et respecter le timing.* Ils s'étaient engueulés. Elle lui en avait voulu d'avoir refusé de comprendre son invitation à peine voilée, de n'avoir pas répondu à son désir de faire l'amour ici, en pleine nature, dans ce petit coin de paradis, comme au premier matin du monde. Ah! Vincent et son organisation millimétrée, rassurante peut-être, mais tellement dénuée de fantaisie. Dire qu'elle l'avait pris pour un aventurier! Le malentendu était né de ses récits de voyage, un peu partout sur les cinq continents. Mais la déconvenue n'avait pas tardé. Dés la première année, à l'aéroport, au moment d'embarquer dans l'avion pour Bogota, Sophie avait lâché: «zut! J'ai oublié le carnet!» C'était un carnet dans lequel ils avaient collecté, au fil des mois, toutes sortes de contacts, des bons plans, des itinéraires inédits, une sorte de road book personnel bien plus précieux que le guide du routard qui devait servir de trame à leur périple de trois mois en Amérique du Sud. *Vraiment, tu me déçois.* Le regard de Vincent l'avait glacée et ses mots durs avaient creusé en elle une blessure toujours prête à suppurer.

Au fil des ans et des frottements du quotidien, elle s'était sentie aspirée par le mal-être de son homme, identifiée totalement à la déception générale qui minait sa vie et le rendait de plus en plus morose. Sophie secoua la tête pour chasser ses pensées devenues douloureuses, elle sortit de l'eau un peu brusquement, enfila son peignoir, eut soudain envie de musique. Elle alluma la radio, branchée en permanence sur Nostalgie. Son sourire revint lorsqu'elle reconnut les premières mesures primesautières de la chanson préférée de son grand-père. Une rengaine des années soixante qu'elle prit plaisir à fredonner :

Bras dessus, bras dessous, bras dessous joue contre joue
Gais comme deux moineaux sur la même branche
Gais comme deux amants au bal du dimanche
Gais comme deux écoliers le jour des vacances

Réconfortée par ce petit clin d'œil venu du ciel, elle décida d'aller au marché. Et puisqu'elle avait le temps, elle allait y aller tranquillement en remontant les berges du fleuve. Elle descendit par les larges marches en gradin, là où se tiennent les jeunes avec leurs tam-tams.

En passant, elle remarqua les mains noires longues et agiles, telles des ailes d'oiseau, qui effleuraient en un rythme envoûtant la surface d'un djembé. L'homme qui jouait avait les yeux fermés, son visage un peu osseux, aux pommettes marquées dégageait une vraie noblesse qui impressionna Sophie.

Sophie ouvre la fenêtre en grand. Sangoma cesse d'agiter les mains qu'il conserve ouvertes, paumes roses vers la fenêtre, à hauteur de son sourire.

Sophie croit reconnaître les mains agiles et élégantes du musicien de la veille. Mais non ! Ce n'est pas possible ! Et elle se sent un peu honteuse de cette superposition fugitive, lui signalant qu'elle porte en elle, malgré elle, l'idée que tous les noirs se ressemblent.

Sophie et Sangoma se font face, sans la protection de la vitre, intimidés soudain, et saisis par l'étrangeté de l'instant, lui dehors, comme en suspension dans le jour naissant et elle dans la chaleur de sa cuisine.

Sangoma parle le premier :

« Excusez-moi…

– De quoi ?

– J'ai fait peur au petit. »

Sophie se retourne vers Basile qui rit maintenant, et agite les jambes tout en tapant avec ardeur des deux mains sur la tablette de sa chaise haute.

« Il n'a pas l'air d'avoir peur, mais plutôt envie de jouer.

– C'est vrai ! Il a déjà le sens du rythme. Tu veux que je t'apprenne ? »

Basile, auquel il s'adresse, redouble de contentement. Sophie, incrédule, regarde de nouveau les mains de Sangoma, puis détaille son visage sous le casque jaune, se demandant un instant si elle peut confirmer sa première intuition, elle voit les pommettes.

« Vous êtes musicien ?

– C'est mon vrai métier. Au pays, je suis Sangoma le Djembéfola, mais il faut bien gagner sa vie!

– Je crois bien que je vous ai entendu jouer hier, au bord du fleuve...»

La joie d'avoir été reconnu se lit sur le visage de Sangoma dont les yeux brillent. Il tend sa main à l'intérieur dans un grand élan joyeux, Sophie lui donne la sienne en disant :

«Moi, je suis Sophie, la maman du petit.»

Et ils se mettent à rire.

Soudain, il y a un bruit métallique, on vient de taper sur l'échafaudage, les coups se répètent et la voix agressive du chef vient troubler leur légèreté.

«Qu'est-ce que tu fabriques Mamadou? On t'attend! T'as le vertige? T'as pourtant l'habitude de grimper, non?»

Le visage de Sangoma se ferme soudain, puis un éclair de tristesse résignée passe dans son regard.

«Je dois monter maintenant, mais il y a la pause vers 10 heures...

– Revenez, Sangoma, je vous ferai du café.»

CHANGEMENT DE PERSPECTIVE

Ce soir, Béné n'a pas eu une minute à elle. En rentrant de l'hôpital, il a fallu superviser les bagages des deux filles, obliger Chloé à choisir et réduire pour que tout tienne dans une seule valise, puis penser aux granules d'homéopathie d'Anaïs et à sa crème spéciale pour l'eczéma.

À 19 heures, son fils s'est rendu compte qu'il avait égaré son sac de couchage. Elle a dû courir jusqu'au Vieux Campeur, il n'y avait plus de vendeur dans le rayon pour les conseiller, le choix a été fait en dix minutes ! Béné est consciente que Mathieu a obtenu à l'arraché ce qu'il voulait, c'est-à-dire l'article le plus technique et le plus cher. Elle a cédé. Elle ne se voyait pas subir une scène dans le magasin. En ce moment, son fils est dur, exigeant. Le principal, c'est qu'il parte de bon cœur pour ce camp de montagne à l'UCPA. Béné espère que la vie collective va lui faire du bien, que ça va le rendre un peu plus sociable et lui redonner le goût de l'effort. Elle ne peut pas être sur tous les fronts. Elle essaye de garder le cap dans la tempête. Les trois enfants souffrent, chacun à leur façon, du départ de leur père. Ils n'ont rien vu venir et sont encore sous le choc.

Avec un peu de recul, Béné a compris que le désamour s'était installé insidieusement entre elle et son mari, masqué par leur hyper activité professionnelle et sociale. Si Béné avait pu se mentir pendant quelque temps, elle avait été contrainte d'ouvrir les yeux lorsque Philippe, devenu de plus en plus distant, s'était investi au club de tennis au point d'y passer tous ses loisirs. Cet intérêt soudain, pour ce qu'il avait qualifié jusqu'alors de « sport en cage », était lié à une jeune et pimpante monitrice sans scrupule qui n'en était pas à son premier détournement d'homme marié ! Béné avait alors été patiente, persuadée que cette histoire ne ferait pas long feu, car elle ne croyait pas Philippe capable de renoncer à ce qu'ils avaient construit ensemble. Elle avait été terrassée par sa décision d'aller vivre avec sa maîtresse.

Ce soir, Béné reste calme. Son objectif : tenir jusqu'à demain matin. Expédier tout son petit monde et se retrouver enfin seule. Mathieu doit prendre le train à 9 heures et ses parents viennent chercher les filles à 11 heures. Elle aurait dû normalement prendre l'avion à 14 heures pour Madrid.

Elle a appris en début d'après-midi par un SMS de la compagnie aérienne que son vol était annulé à cause d'une grève-surprise des aiguilleurs du ciel. Elle a téléphoné sur le champ à la secrétaire du comité d'organisation du congrès pour voir si on pouvait lui trouver un train de nuit, ou, à l'extrême limite un covoiturage avec des médecins de sa région. Puis au fil des heures, sa détermination a faibli. Sans solution à 18 heures, elle a rappelé la charmante Manuela pour se faire excuser, a indiqué qu'elle enverrait par Internet le diaporama de sa présentation. Elle était déçue, bien sûr, car elle s'était battue pour obtenir la coordination du groupe de recherche clinique et avait énormément travaillé pour son intervention au congrès qui devait être le point d'orgue de son année. Mais là, soudain, à cause d'un avion cloué au sol, elle ne savait plus ce qui était vraiment important pour elle. Et sur un coup de tête, elle venait de décider : elle ne changerait rien à l'organisation mise en place pour les enfants, elle allait s'accorder trois jours de relâche rien que pour elle, une parenthèse inespérée à remplir au gré de ses envies.

À midi, elle est enfin seule. Ses parents sont arrivés en retard, comme d'habitude. Ça lui a rappelé le stress des départs de son enfance qui gâchait toujours le début des vacances. Des allers et retours à l'appartement pour les oublis divers, les cris de son père et les bouderies de sa mère, leurs accusations mutuelles de sabotage. Ah! La vie de famille! Et pourtant, elle s'était embarquée dedans sans se poser de questions, comme s'il s'agissait d'une évidence! Un mariage, des enfants, avec en plus un métier, car il fallait parer à toute éventualité, le mariage ne présentant plus de nos jours les mêmes garanties.

Béné ouvre machinalement le frigo. Vide puisqu'elle ne devrait pas être là! Prise d'une subite inspiration, elle attrape son sac et se rend au café Bellecour avec l'idée de s'offrir une petite salade et un verre de Mâcon. Elle a de la chance, il reste une table en terrasse, mi-ombre, mi-soleil, elle jubile de jouer les touristes à deux pas de chez elle.

Protégée par ses lunettes noires, elle observe les mouvements sur la place, les allées et venues, les tenues des femmes.

Depuis le départ de Philippe, elle a grossi. Peut-être est-ce aussi les effets de la ménopause qui s'annonce? Elle porte depuis plusieurs semaines les mêmes pantalons informes avec des tee-shirts et des chemisiers larges. Le confort avant l'esthétique, comme s'il lui était impossible d'associer les deux! Elle songe à la réflexion de son amie Catherine, toujours élégante et féminine, malgré son embonpoint. «Arrête de te punir!» Elles s'étaient disputées lorsque Béné lui avait dit qu'elle attendait d'avoir perdu du poids pour aller faire des achats. «Mais, c'est ridicule! Commence par te choisir une tenue qui te va bien, dans laquelle tu te trouveras belle. Ça te permettra de sortir de la morosité, te redonnera l'envie de séduire! Et puis! Passe dans la gamme supérieure! Tu en as les moyens! Je suis sûre que tu ne t'es jamais offert une robe à 200 euros.» Béné s'était abritée derrière un discours un peu moralisateur sur l'essentiel et le superflu pour cacher à Catherine qu'elle avait fait mouche.

Béné remonte maintenant la rue Émile Zola et flâne devant les vitrines des petits créateurs. Elle aime particulièrement les tissus chamarrés d'inspiration africaine de Lola Bacaba. Elle entre dans la boutique. La vendeuse est occupée avec une cliente, elle s'en félicite, cela lui laisse le temps de s'adapter, d'hésiter, de choisir tranquillement deux robes. C'est son tour d'entrer dans la cabine, elle reste un moment plantée devant la glace, prise de doute, tentée d'en ressortir sans avoir rien essayé. Moment crucial du déshabillage : ne pas trop détailler son image, vite couvrir ce corps pâle aux bourrelets disgracieux. Elle se décide à enfiler la robe à tonalité orange, qui réveille son teint. La robe est un peu large au niveau du corsage, pas assez de formes en haut et trop en bas! Béné se prend encore à rêver d'une silhouette idéale, équilibrée, avec des mensurations harmonieuses.

« Ça va Madame ? »

Elle sort un peu gauchement dans la lumière. La vendeuse est adorable, elle n'en fait pas trop, réajuste le corsage de la robe avec quelques aiguilles, propose la retouche gratuite, sait trouver les mots qui encouragent. Béné se décide, rajoute une étole vaporeuse dans des tons turquoise et sort de la boutique le sourire aux lèvres.

Béné n'a pas vu l'après-midi passer. Elle s'est rendue à la Fnac et a longuement flâné au rayon littérature, s'est sentie un peu perdue devant l'abondance de l'offre, n'arrivant pas à se décider. Elle a remonté la rue Auguste Comte en détaillant les boutiques d'antiquaires et de décoration, et puis elle est rentrée chez elle. Désorientée par le silence qui règne dans l'appartement, elle va de pièce en pièce, regarde son décor comme si elle y était étrangère, trie les vêtements jetés çà et là dans la chambre de Mathieu, jette un coup d'œil sur les papiers administratifs empilés sur la console de l'entrée : des factures à payer, la déclaration d'impôts à remplir, des faire-part de naissance et de mariage en attente de réponse. Elle replace sous la pile la lettre de son avocat qui mentionne les propositions de Philippe pour un divorce par consentement mutuel. Consentement mutuel ! Elle déteste cette expression tellement éloignée de ce qu'elle ressent ! Elle ne consent pas, elle subit, espère encore un retournement de situation. Elle a répondu qu'elle avait besoin de temps.

Béné a toujours été forte. C'est du moins ainsi que les autres la voient, au point qu'elle ne s'autorise pas à être autrement. Ses sentiments sont confus : colère et tristesse mêlées, découragement, culpabilité. Elle sait qu'elle n'a pas été assez aimante, pas suffisamment amante. Elle pensait que Philippe lui était acquis, que leur petite entreprise familiale était indestructible, qu'ils étaient mobilisés ensemble «pour le meilleur et pour le pire». Béné essaye encore de dissimuler aux autres que quelque chose s'est fissuré en elle. Elle aimerait avoir un projet pour sa soirée, mais lequel? Et surtout avec qui? Y en a-t-il une au moins parmi celles qu'elle désigne comme ses amies qui pourrait répondre à son appel et se rendre disponible ce soir? Béné n'a pas l'habitude de demander… Elle renonce avant même d'avoir essayé, se laisse tomber dans le canapé et allume la télé.

Tout à l'heure Béné prendra sa voiture et rejoindra comme prévu ses filles et ses parents dans leur maison de Provence. Elle a consacré sa journée d'hier à modifier son décor et à faire du vide. Dans le salon, elle a changé l'agencement des meubles, décroché du mur les pêle-mêle de photographies qui constituaient l'essentiel de la décoration. Prise d'une frénésie de ménage, elle a trié puis vidé les tiroirs et les placards. Elle a remisé toutes les affaires de Philippe à la cave : vêtements et chaussures, papiers administratifs, disques et bouquins, plus certains cadeaux qu'il lui avait offerts, ces bibelots idiots et inutiles, signes de son absence d'imagination lorsqu'il s'agissait de lui faire plaisir. Elle n'a pas hésité avant de faire un autodafé des lettres qu'il lui avait envoyées pendant son service militaire, et des photos de leur voyage de noces. Sur sa lancée, elle a poursuivi le tri de ses propres vêtements inutilement conservés depuis des années en attendant qu'ils reviennent à la mode.

Dans le haut de son placard, elle est tombée sur un sac contenant des affaires de bébé. Des images lui sont revenues pour chaque brassière ou grenouillère, chaque petite paire de chaussons, chaque robe. Elle a mesuré l'écoulement du temps, la cruauté du « c'est fini », la tonalité plutôt heureuse malgré tout de ses souvenirs de maternité résistant à l'écroulement de son monde familial.

Béné traîne trois grands sacs jusqu'à l'ascenseur puis jusqu'à sa voiture. Par chance, elle a trouvé une place presque en face, à côté de la boulangerie. Elle ouvre son coffre. Alors qu'elle s'apprête à charger le premier sac, elle voit la femme. Elle est accroupie, silencieuse, une coupelle vide à côté d'elle. Elle porte un foulard fleuri. Cette femme est là presque chaque jour et fait partie du paysage. Pour la première fois, le regard de Béné s'attarde sur elle. La femme n'est plus très jeune, son visage est doux, elle sourit timidement et tend la main. Béné qui est gênée marmonne qu'elle n'a pas de monnaie. La femme la regarde avec bienveillance et lui demande avec un peu d'hésitation : «Toi, partir?» Et elle désigne les sacs. Béné comprend que la femme lui demande si elle est en train de déménager. «Non! Non, je range ma maison…» Elle réalise soudain que ce qu'elle s'apprête à jeter pourrait être utile à cette femme, mais ne sait comment s'y prendre pour lui offrir de se servir. «Vous habitez loin?» La femme fait un geste évasif en direction de Perrache. «Là-bas…» Elle reste accroupie, les yeux levés vers Béné qui se sent mal à l'aise de la dominer ainsi de toute sa hauteur. La femme porte sa main à sa bouche faisant mine de manger quelque chose. «Moi, faim…»

«Je reviens!»

Béné a laissé ses sacs sur le trottoir, elle est entrée dans la boulangerie, a acheté un sandwich, et prise d'un coup de sang, a engueulé la vendeuse.

«Quelle honte! Comment pouvez-vous laisser cette pauvre femme affamée sur le trottoir devant chez vous alors que vous jetez à la poubelle vos invendus?»

La petite vendeuse apeurée a appelé la patronne et Béné a repris sa diatribe.

«Je ne vous permets pas Madame!» a répondu la boulangère. «Libre à vous de la nourrir! Nous, on en a assez de ces pouilleux qui mendient devant chez nous et indisposent la clientèle. C'est une excellente comédienne, vous savez! Votre sandwich, elle va vous le rendre, avec son air de chien battu, et vous demander de l'argent. Y a que ça qui l'intéresse! Tout de même! Vous n'allez pas me faire croire qu'en France, avec les restos du cœur et les banques alimentaires, on peut souffrir de la faim. Et puis vous! Que faites-vous pour ces gens pour vous permettre de nous donner des leçons?»

Béné bat en retraite, un peu honteuse de son emportement, et revient vers la femme à laquelle elle tend le sandwich. La femme prend sa main dans les deux siennes et la garde un moment, son regard est insistant.

La femme se relève difficilement. Sous la grande jupe longue, Béné découvre ses jambes. Une plaie purulente s'étale sur son tibia gauche.

«Il faut vous soigner! Venez, on va aller chez moi je suis médecin, je vais regarder ça.»

Tout s'est passé très simplement. Confiante, la femme a laissé Béné s'occuper de sa jambe. Pendant tout ce temps, elles sont restées silencieuses. Lorsque les soins ont été achevés, la femme l'a remerciée en lui baisant la main. Puis a dit en se désignant : « Zineb ».

Elles se sont installées à la cuisine, Béné a préparé du thé et sorti des petits beurres. Entre gestes, mots et bribes de phrases, Zineb a pu fait comprendre à Béné des morceaux de sa vie : l'arrivée en France il y a de nombreuses années, le confinement à la maison, l'isolement voulu par le mari, l'interdiction de sortir seule, les deux fils perdus, un en prison et le plus gentil tué dans un accident de voiture, le mari à la retraite reparti au pays il y a quelques mois pour y trouver une nouvelle épouse, et son allocation obtenue avec l'assistante sociale et qui sert juste à payer le loyer.

La sonnerie du téléphone a ramené Béné à sa réalité. Elle devait envoyer un bref message en quittant Lyon, pour donner à ses parents une heure approximative d'arrivée! Son père s'inquiète, et elle s'entend lui répondre.

« J'allais vous appeler! J'ai eu un contretemps, rien de grave, tout va bien, mais je ne peux pas prendre la route ce soir. Je vous rappelle demain matin. »

Béné se tourne vers Zineb, elle se sent bien, voilà longtemps qu'elle n'a pas ressenti une telle proximité avec quelqu'un. Elle lui sourit et dit : « Sans homme, mais libres, hein ? »

EMPREINTES

Lorsque sa plume est sèche et son imagination en panne, après avoir épuisé tous ses petits rituels, la pause cigarette, l'exploration du frigidaire, le classement des factures, Joseph descend à pas lents au verger de son enfance. Il lui faut contourner l'église, passer la petite porte jamais verrouillée, découpée dans le grand portail marron, prendre l'allée de terre jusque sous le hêtre rouge, bifurquer en laissant à sa gauche les cabanes à lapins abandonnées. Le verger est en bas du potager. Il y a une première rangée d'arbres sur le plat, puis le terrain s'incline et les fruitiers forment une enfilade jusqu'à la haie qui sépare la propriété du grand-père de la route de Colonchelle.

Le verger n'a pas bougé depuis son enfance, les mêmes pommiers, poiriers, pruniers, un peu rabougris pour certains, le tronc couvert de lichens pour d'autres, car il n'y a plus d'entretien. La récolte méthodique des fruits n'est plus assurée. On peut venir se servir librement à l'automne, les poires sont toujours juteuses, mais la production a baissé. C'était autrefois un verger d'agrément, vestige d'une époque où l'on pouvait encore s'offrir les services d'un jardinier et d'une cuisinière. Il s'agissait souvent d'un couple, qui assurait aussi le gardiennage de la propriété, et tandis que l'homme œuvrait au jardin, l'épouse était en cuisine, préparant pour toute la maisonnée des plats restés légendaires, rissoles, tourtes, ragoûts, et un fameux osso buco mitonnant pendant des heures dans la marmite sur la cuisinière à bois.

C'est dans ses souvenirs d'enfance que Joseph puise une grande part de la matière de ses récits. Le verger en est l'un des écrins. Ce lieu, hors du temps, lui évoque son grand-père, un homme grand et sec, au crâne lisse, qu'il avait toujours vu vieux, et qui marchait avec précaution entre les arbres aidé d'une canne à pommeau ouvragé.

Joseph sent encore dans sa main l'empreinte de celle du grand-père, il a beaucoup aimé leurs promenades dans le verger. Le grand-père cueillait un fruit, invitait Joseph à croquer dedans les yeux fermés, il lui faisait reconnaître les différentes espèces de pommes, la douce, l'acidulée, celle qui fondait en bouche. Dans son dernier livre de fragments intitulé « Rendez-vous », Joseph évoque cette figure du grand-père, tous ces petits moments de complicité et de transmission autour et au cœur de la nature.

Si le verger est intact, le potager et le jardin ont bien changé. C'est sa cousine Odette qui a repris la maison, grâce à la situation confortable d'un mari qui a du goût pour la vie campagnarde. Ils ont supprimé la plupart des massifs de fleurs qui demandaient trop d'entretien et fait abattre quelques arbres, dont le grand cèdre du Liban. Dans le potager devenu stérile, à la place de la boutasse, il y a maintenant une piscine. Tous les enfants du voisinage viennent s'y ébattre bruyamment. Ils sautent du trampoline dans la piscine et se lancent des défis en hurlant. Joseph pense souvent à la stupeur du grand-père s'il pouvait voir cette bande de jeunes échevelés et braillards se poursuivant en caleçons de bain dans le parc.

À l'image du grand-père est associée celle de Mamie Monette qu'il avait pourtant très peu connue. Joseph ne sait plus trop si l'image de sa grand-mère est celle de ces photographies un peu passées ou celle qui flotte dans ses réminiscences. Il voit une femme petite, toute en rondeur, avec beaucoup de douceur dans le regard. Un filet très fin recouvre sa maigre chevelure blanche. Il en avait toujours été intrigué. Il se souvient de ses robes à tonalité grise, et de la boîte de berlingots posée sur la tablette de sa chaise longue qu'elle ne quittait guère. Dans ses souvenirs, Mamie Monette est aussi reliée à une visite au cimetière à la fin de l'été de ses dix ans, lorsqu'il avait compris que ses parents allaient se séparer. Il n'y avait pourtant pas eu de paroles. Certes, il n'était jamais facile de quitter et fermer la maison des vacances pour reprendre le cours d'une année scolaire ; et Joseph pourrait mettre sur le compte de ce départ l'impression mélancolique qui subsiste de la fin de cet été-là. Mais ses souvenirs sont précis, ils se déroulent nourris de sensations, riches, intemporels et concentrés comme un arrêt sur image.

Cet été-là, son père était parti de son côté avec le prétexte de reconduire le grand-père à Dijon où il habitait le reste de l'année. Et Joseph était resté seul avec sa mère pour le rituel de fermeture de la maison, ce qui était inhabituel. C'est Gaston, le jardinier, qui avait vidé les cendres de la cheminée et fermé tous les volets alors que d'ordinaire, il pénétrait peu dans la maison, toujours occupé au potager. Gaston avait demandé si Monsieur reviendrait pour la chasse ; il avait grommelé d'un ton bourru qu'il n'était pas bon pour Dakota de rester au chenil tout l'automne.

Madeleine, sa femme, qui était en charge du ménage et de la cuisine, avait accepté, pour une fois, que

Joseph fasse avec elle le tour des chambres pour mettre les housses aux fauteuils et ranger les édredons dans les armoires. Dans la chambre aux lilas, Madeleine l'avait serré très fort contre son tablier qui sentait la soupe, en disant « mon petit, mon pauvre petit... » Joseph s'était raidi, ça ne lui avait pas plu. Il ne se sentait pas « petit » et le qualificatif de « pauvre » avait fait naître en lui une sourde inquiétude. En refermant la porte de la chambre aux lilas, il avait jeté un coup d'œil au chambranle de la porte qui portait la preuve de sa croissance par des petits traits au crayon, précédés de ses initiales.

Après, il avait été au potager avec sa mère et avait eu le droit de choisir les fleurs et même de se servir du sécateur. Joseph s'émerveillait de la variété de couleurs des dahlias, et il avait un faible pour l'orange éclatant des soucis. Puis ils étaient allés à pieds au cimetière, traversant tout le village, faisant au passage leurs adieux, comme à chaque fin de vacances à la dame de la poste, et à l'épicière. Sa mère lui avait paru bizarre lorsqu'elle avait dit d'une voix tremblante au curé qu'ils avaient croisé : « je ne sais pas si je reviendrais... » Puis, ils avaient arrangé les fleurs dans un vase sur la tombe de Mamie Monette. Sa mère parlait à voix basse. Joseph avait deviné qu'elle parlait à sa grand-mère comme si celle-ci pouvait l'entendre. Il l'avait entendu prononcer le nom de son père sur un ton de reproche et, gêné, s'était éloigné, faisant semblant de lires les inscriptions sur les tombes voisines. Au retour du cimetière, Gaston avait déjà mis les bagages dans le coffre de la DS. Et c'est peut-être la vision de sa mère au volant de cette voiture qui était habituellement pilotée par son père qui avait fait naître en lui la conscience d'un changement à venir. Joseph ne se souvenait pas du voyage du retour. Sans doute avait-il dormi, bercé à l'arrière du véhicule, se réfugiant dans ses rêves, comme pour retarder le moment où il allait devoir regarder en face le monde cruel des adultes.

SIGNES DE VIE

Ça m'est revenu d'un coup !

Avec le bruit de la pluie sur le velux. Je me suis souvenue que j'avais accepté d'aller arroser les plantes du vieux, celui qui habite le rez-de-chaussée. Sur le moment, je me suis vraiment demandé pourquoi c'était tombé sur moi. Il a raison Ben, je ne sais pas dire non.

Ce vieux ne parle jamais à personne, il dit à peine bonjour, on sent que c'est juste un réflexe de bonne éducation adapté à cet immeuble bourgeois. Son air maussade et ses yeux fuyants ont fini par décourager mes sourires. Mais l'autre jour, dans le hall, près des boîtes aux lettres, c'était comme s'il me voyait pour la première fois. « C'est pour quand ? » avait-il demandé abruptement en pointant son doigt vers mon ventre arrondi. J'avais répondu « pour bientôt » et c'est là que dans un geste brusque, il m'avait tendu ses clés.

«Je dois m'absenter quelque temps. Pourriez-vous passer arroser mes plantes? Une ou deux fois, ça suffira.»

Sa main tendue tremblait un peu. J'ai avancé la mienne, machinalement. Son regard, enfin direct, était interrogateur et intense. J'étais tellement surprise que j'ai bredouillé quelque chose qu'il a pris pour un oui. Je voulais résister. Mes mots n'ont pas franchi mes lèvres. J'ai montré mon ventre avec un air hésitant et il a dit doucement : «justement». Sa main était restée suspendue au-dessus de la mienne, ses yeux n'avaient pas quitté les miens, j'avais cru y déceler une petite lueur, j'avais soupiré et senti le contact froid du métal.

«Merci! Et cette fois-ci, faudrait pas qu'elles crèvent!»

Quel ton rogue! Je n'ai rien dit à Ben lorsqu'il m'a appelée en fin de journée. Il supporte moins bien que moi notre séparation forcée. Il n'a pas pu refuser cette mission à Berlin, mais il est inquiet de me savoir seule, dans mon état. Mon état! Je souris toute seule en pensant à sa tendre sollicitude, à son goût pour mes rondeurs nouvelles. S'il savait! J'aime bien ma vie au ralenti, centrée sur ce petit être qui pousse dans mon ventre et cela m'occupe tant que Ben me manque à peine!

Je repense au vieux que Ben a pris en grippe. «Tu as vu son air méprisant, ce vieux est plein de fric et il vit comme un pingre. » Moi, je trouve qu'il a l'air malheureux, je me demande s'il a de la famille, des amis, je n'ai jamais vu personne entrer chez lui. Et puis, la fois dernière, où j'ai pu détailler son visage, je me suis dit qu'il avait dû être beau dans sa jeunesse.

Pour retrouver les clés, j'ai réfléchi aux vêtements que je portais le jour de la rencontre, et en effet, elles étaient bien dans la poche de ma veste polaire. J'ai descendu les six étages à pied, avec précaution, une main sur la rampe et l'autre à plat sur mon ventre, en respirant à fond. Je suis arrivée devant l'appartement du vieux qui occupe tout le rez-de-chaussée, au moins 100 m². Et dire que nous on va devoir s'entasser à trois dans 40 mètres carrés! Je ne suis pas loin de comprendre l'agacement de Ben.

Je me suis battue avec la serrure trois-points de la porte blindée et lorsqu'elle s'est ouverte, je n'y voyais presque rien. Je suis restée un moment sur le palier, pour m'habituer à l'obscurité, et à l'odeur surtout qui m'a soulevé le cœur. Un mélange aigrelet de vieille sueur et de linge un peu moisi. J'ai passé ma main le long du mur pour trouver l'interrupteur. Une applique a émis une faible lumière et j'ai deviné des formes sombres dans le salon sur la gauche : une grande pièce rectangulaire, dans des tons mal définis entre gris, marron et beige terni. Un mobilier en bois massif, lourd et démodé, deux canapés en cuir fatigué se faisant face, avec au centre une table basse vitrée sertie de métal, dont la vitre portait encore des traces de verres incrustées dans la poussière. Derrière les voilages encrassés, j'ai trouvé le bouton des volets électriques et cela m'a soulagée d'entendre le ronron mécanique accompagnant l'arrivée de la lumière du jour. J'ai ouvert en grand la baie vitrée. Je n'ai pas trouvé les plantes sur le balcon encombré de vieilleries. J'ai réalisé que le vieux ne m'avait rien dit à leur sujet hormis qu'il ne fallait pas qu'elles crèvent ! Et je n'avais aucune envie de faire le tour de cet appartement. Les portes fermées de chaque pièce signifiaient d'ailleurs que l'accès m'en était interdit. Soudain, j'ai pensé aussi que je ne savais rien sur la destination de mon voisin, il ne m'avait d'ailleurs laissé aucun contact.

Je me suis finalement décidée à entrer dans la cuisine. Une pièce étroite et longue, à tonalité verte. Cette couleur était la mode dans les années 70. La pièce était rangée, mais aurait eu besoin d'un bon récurage. Miettes sur le sol, plan de travail graisseux et plaque de cuisson noircie, de quoi couper l'appétit ! Pas de plante ici non plus. En quittant la pièce, j'ai frissonné en remarquant l'unique tabouret en plastique, vert lui aussi, rangé sous le plan de travail servant de table. Je me suis décidée à ouvrir les autres portes. Celles des

toilettes et de la salle de bains sans fenêtre, vite refer-
mées, les plantes ne pouvaient pas s'y trouver ! Puis les
chambres : une chambre à lits jumeaux, la chambre
d'amis sans doute, pour quels amis ? Je ne m'y suis pas
attardée. Puis, par élimination, j'ai su que j'entrais
dans la chambre du propriétaire. Quel sale type ! Je
me suis sentie piégée par ce vieux pas net avec son jeu
de piste bizarre ! La main sur la poignée de la porte,
j'hésitais encore, et si... Si j'allais le trouver allongé
sur son lit, les yeux clos, tel un gisant de pierre ! Je me
raisonnais, j'ouvris et je les ai enfin vues, les fameuses
plantes : trois petits cactus en pot sur la table de nuit :
ridicules ! Ah ! Il s'était bien fichu de moi ! Tout ce
cinéma pour ces moignons verts, hérissés de piquants
et plantés dans du sable !

Bon ! D'abord je vais les enlever de là et les porter
au salon. Pas question que je revienne dans cette
chambre ! Je n'y connais pas grand-chose, mais il me
semble qu'ils apprécieront d'avoir un peu plus de
lumière. Quant à l'arrosage, ce sera vite fait : je vais
passer chacun des pots sous le robinet de la cuisine et
je serai quitte.

Pourquoi le vieux m'a-t-il attirée chez lui avec ce
prétexte débile ? Et pourquoi tient-il tant à ses cactus
au point de dormir avec eux, en vigie sur sa table de
nuit, tous trois surplombés par un christ en croix sur

fond de velours grenat ? Quelqu'un lui aurait offert ces plantes ? En tous cas, je n'aimerais pas recevoir ce genre de cadeau.

Déjà douze jours que le vieux est parti. Il n'est pas revenu chercher ses clés. Il n'a pas été nécessaire que je retourne en bas. Je me suis renseignée sur le mode de soin des cactus, j'ai eu confirmation qu'un bon arrosage par quinzaine était suffisant pour une température comprise entre 15 et 20 degrés, que le cactus s'accommode d'un excès de sécheresse tandis qu'il souffre d'apports d'eau trop fréquents. Mais ce matin, je suis décidée à aller sonner au rez-de-chaussée. Il est bien capable d'être rentré sans se manifester et de m'avoir laissé exprès un second trousseau de clés pour qu'on se trouve nez à nez par surprise.

Ne serait-il pas un peu vicieux ce vieux grigou ? Voyeur, amateur de chair fraîche, content de me faire peur… Non ! Quand même ! C'est juste une manière de m'inviter à penser à lui. Au fond, je suis touchée par la demande de ce vieux ronchon et flattée par la confiance que je lui inspire.

Personne ! Je reviendrai dans un moment. Il a pu sortir.

Toujours personne. C'est bizarre. Mais après tout… Cela ne me regarde pas. Il a pu prolonger son séjour.

Où ça ? Je ne l'imagine pas se prélassant dans une île, au soleil. Mon Dieu ! Et s'il était à l'hôpital ? Il n'avait pas l'air malade pourtant.

Quinze jours sans eau… Je vais y retourner. Le vieux compte sur moi. Rien n'a bougé, les cactus sont sur la table basse, là où je les ai posés, éclairés à cet instant par un rayon de soleil filtrant sous les volets entrouverts.

Je renouvelle l'arrosage, généreusement, et je décide d'aller interroger la gardienne. Sait-elle si Monsieur Lepic est rentré ? Elle me répond d'un air pincé : «Cette fois-ci, il ne m'a pas laissé ses clés, mais vu les prospectus qui s'entassent dans la boîte aux lettres, il n'est sûrement pas revenu. Enfin, moi, je ne m'en occupe pas, je n'ai pas de consignes…»

Je me demande si je vais parler à Ben de l'absence du vieux qui se prolonge. J'étais sur le point de lui dire mon inquiétude lorsqu'il est reparti pour Berlin hier, je me suis ravisée, je ne sais pas trop pourquoi.

Ce matin, je suis encore descendue, mais cette fois pour chercher des indices.

J'ai vu un courrier sur le petit guéridon de l'entrée. Une enveloppe blanche bordée de noir adressée à Monsieur Antoine Lepic, provenant de Tunisie. Antoine… C'est joli Antoine. En voyant le A sur la boîte aux lettres j'avais plutôt pensé Albert. Je n'ai pas osé lire le faire-part. Un décès d'un lointain cousin ou d'un ami? En lien peut-être avec ce départ si peu habituel?

À l'entrée du salon, j'ai vu sur une sellette un objet que je n'avais pas remarqué jusque-là : une petite théière argentée, au ventre rebondi, de celles qu'on voit dans les souks pour servir le thé à la menthe. Un souvenir de voyage? Tellement décalé dans cet univers sans chaleur! L'inspection de l'étagère du salon ne m'a livré qu'une seule information. Une confirmation plutôt : Antoine Lepic est fils unique et célibataire. J'y ai trouvé une photo dans un cadre en cuir représentant un jeune homme d'environ 20 ans, entouré de ses parents : mon voisin en jeune homme sage, plutôt fin, vêtu d'un blazer sombre sur un pantalon clair au pli impeccable. À sa gauche, le père, massif, à l'air sévère, en habit militaire, portant cheveux en brosse et moustache idoine et à sa droite, dominée d'une bonne tête, la mère, fluette, au regard éteint. J'avais en raccourci toute une vie de solitude se résumant à cela : papa, maman...

Et j'ai pensé soudain à l'arrivée prochaine de mon bébé, à la place que cet enfant occupe dans mon corps, ma tête, mes conversations et même déjà dans l'espace de notre petit appartement. J'ai été prise de vertige, je me suis imaginé le petit Antoine, sensible et spontané, curieux, affectueux, gourmand, espiègle même, devenu ce jeune homme de la photo au délicat visage déjà grave, aujourd'hui vieil homme acariâtre. En regardant à nouveau la photo, j'ai compris que le corps d'une mère ne suffit pas pour transmettre la vie, qu'il faut aussi un regard qui enveloppe, qui encourage, des mots, de la douceur, de la confiance, une parole incarnée qui s'adresse à l'autre, pour l'aider à grandir. Mon bébé s'est agité, j'ai eu besoin de m'assoir sous l'effet d'une douleur aiguë. Je me suis sentie triste, inquiète pour Monsieur Antoine, imaginant le pire, un plongeon dans la Seine, un Alzheimer foudroyant l'empêchant de retrouver son lieu familier.

Alors que j'allais quitter l'appartement, je suis revenue vers les cactus, par acquit de conscience. Ils étaient sur le point de fleurir! Dans une forêt de piquants, il y avait quantité de petits boutons roses prêts à s'épanouir.

Cette timide percée de couleurs et de fraîcheur ouvrait d'autres perspectives sur le sort de Monsieur Antoine, peut-être était-il en train de saisir sa deuxième chance : des retrouvailles avec un amour de jeunesse rendu à la liberté par une annonce sur papier glacé bordé de noir?

À VÉLO

Au loin le feu passe à l'orange. Je ralentis puis zig-zague jusqu'au carrefour entre les voitures. Je freine en douceur et pose les pieds par terre. J'ai lâché mon guidon, j'attends tranquillement le vert. Et pour cause ! Il y a deux semaines, alors que je traversais avec précaution le carrefour des Tamaris devant tous les véhicules à l'arrêt, un cycliste en VTT m'a sommé de m'arrêter. J'ai poursuivi mon chemin, le sourire aux lèvres. Peut-être qu'il voulait engager la conversation ? Qui sait… séduit par ma foulée dynamique et mon look sympathique ! Tu parles ! Il m'a doublé, la pédale nerveuse, s'est mis en travers de ma route pour m'obliger à me garer puis m'a désigné une carte avec un logo bleu blanc rouge. C'était un policier municipal à vélo, en tenue banalisée, qui a sorti son carnet à souche pour me verbaliser. 95 euros, ça m'a coûté ! J'ai bien tenté de l'amadouer, mais basta, j'ai fini par me taire parce que j'ai compris qu'il pouvait aussi supprimer des points sur mon permis de conduire !

À ma gauche, en tête de file, une Mini Cooper nouvelle génération. Le modèle citadin, à la fois sport et chic, parfait pour une femme, la petite quarantaine, active et décidée. Côté passager, grand ouvert sur le siège, un sac, avec tout un bazar hétéroclite. Côté conducteur, une femme, c'est sûr ! Je vois ses cheveux relevés en un genre de chignon déstructuré, ramassés dans une grosse pince dorée. Elle est cassée en deux, couchée sur le volant, les bras en arrondi au-dessus de sa tête, comme pour entamer une petite sieste. Dois-je intervenir ? Toquer à la vitre, réveiller la belle assoupie ? Mais de quoi je me mêle ? Je veux simplement lui éviter un concert de klaxons courroucés lorsque le feu passera au vert, lui rappeler qu'elle n'est pas dans une salle de classe de maternelle à faire la pause imposée, la tête dans les bras, après le repas. Bizarre ! On dirait qu'elle tremble, agitée de soubresauts. Rires ou sanglots ?

C'est fou comme l'humeur peut virer vite, je ne saurais dire à quoi ça tient ! Ce matin, au réveil j'étais morose, j'avais mal dormi, une insomnie entre 3 et 4 heures à cause de mon intervention prévue à la réunion du conseil de la Métropole. C'est que je n'ai pas l'habitude de prendre la parole à la tribune devant cent vingt personnes ! Et comment rendre ma présentation attrayante ? Tu parles d'un projet ! Ils l'ont baptisé «Faire respirer la ville par les aménagements souterrains», et débrouille-toi avec ça! J'avais commencé par enfiler une jupe droite et des chaussures à brides et à talons, histoire d'être en phase avec ce que je dois paraître. Puis, au moment d'attraper mes clés de voiture, je me suis ravisée. Comme ça! À cause d'une petite voix intérieure, celle de Paul sans doute, qui m'a reproché d'aller à la facilité, de vouloir rester dans le cocon douillet de la voiture, seule, protégée des autres, dans ma bulle. Peut-être aussi grâce à la caresse du soleil sur les tulipes fatiguées, là sur l'appui de la fenêtre. Alors j'ai changé mon costume de cadre territorial contre un confortable pantalon et j'ai descendu à pied les quatre étages, en sautillant. Et hop! C'était parti! Quel plaisir! Cet air frais sur le visage! J'ai souvent remarqué que mes pensées se mettent à circuler au rythme du pédalier. Les premières phrases de mon intervention me sont venues facilement, c'est tout juste si je ne me suis pas mise à les fredonner.

Je n'ose pas déranger la femme. La voiture résonne d'une voix forte. Des intonations dans les graves, qui montent et qui descendent, puis un temps de silence. Et ça recommence. Je tends l'oreille pour capter des paroles. Est-ce la radio? Elle ne lève toujours pas la tête. Aurait-elle un malaise? Non! Car elle serait immobile. Peut-être fait-elle un exercice de musculation? Les magazines féminins proposent toutes sortes de solutions pour intégrer le sport dans la vie, comme utiliser les embouteillages pour muscler sa ceinture abdominale! Ça me fait bien rire! Mais ça ne serait pas honnête de prétendre que je me fiche de ma ligne! Moi aussi, je rentre le ventre, j'accélère parfois dans les montées, je souffle en cadence. Et je valide en même temps la théorie de Paul : un trajet à vélo c'est du deux en un : moyen de locomotion et petit entraînement. Et comme ça, je serai peut-être moins à la traîne, au ski de fond, le week-end prochain. Mais quelle importance si je suis à la traîne? Pourquoi toujours se comparer, se mesurer? J'en ai marre de la tyrannie de la performance! Paul a construit sa vie sur le dépassement de ses limites physiques, c'est un champion de l'hygiène de vie : pas de grasse matinée, pas de café, pas de cigarettes, douche froide été comme hiver, restriction sur le fromage et l'alcool et surtout, sortir de table en ayant faim. Ça dure depuis 25 ans! Et ça va pas en s'arrangeant. Toujours plus exigeant! Il ne m'oblige quand même pas à l'imiter, non, d'ailleurs ce serait impossible pour moi! J'aime trop ma couette le matin, la petite clope après le café et les bains bouillants à rallonge. Ce qui a changé, c'est mon regard. Ma culpabilité s'est envolée. Paul n'est pas meilleur que moi. Nos besoins et nos rythmes sont différents, c'est tout. Et il ne détient pas la vérité ! Pourtant je n'ai pas tout jeté. J'y crois encore au sens de l'effort, sauf que je fais les choses à ma mesure désormais.

La femme a relevé la tête. Elle vocifère, a l'air en colère. Mais à qui parle-t-elle ? Seule dans sa voiture ! Elle scande ses paroles avec des grands coups sur le volant. Elle doit être au téléphone avec quelqu'un... Aujourd'hui, avec les kits mains libres, on peut avoir des conversations avec un interlocuteur invisible, on s'est habitués à voir les gens parler, seuls dans leur voiture, sans les traiter de fous. N'empêche, c'est vraiment pénible tous ces gens connectés en permanence ! Dans le train c'est même insupportable ! Certains voyageurs nous font profiter de conversations ineptes, on devient témoins forcés d'échanges très privés, on est pollués avec les bips répétés des jeux en ligne. Moi, pour le boulot, j'ai bien dû me convertir aux nouvelles technologies. Faut reconnaître qu'il y a de sérieux avantages. À côté de Paul, je passe pour une geek, lui qui n'a toujours pas d'adresse mail. Il se fait chambrer par les copains, mais résultat, je dois continuer à faire l'intermédiaire, lui relayer les petites infos, les annonces de naissances de toute la famille, les bons plans, c'est moi qui réserve les billets de train et de spectacles, et si je me loupe, je me fais engueuler. Rester en dehors du mouv, c'est sa coquetterie, on l'accepte de lui. « Paul est tellement atypique…» J'adore ce commentaire de ma mère qui n'en pense pas moins.

Cette fois, je vois les larmes couler sur son visage. C'est sûrement une scène de ménage. Ou alors elle vient d'apprendre une terrible nouvelle. Ce qui est incroyable, c'est qu'elle n'est pas du tout consciente de ce qui l'entoure. Elle se donne en spectacle, mais se sent protégée par l'habitacle de la voiture. Souvent, la voiture, c'est comme un autre chez soi. C'est un sas de décompression, un espace intermédiaire où on peut tout lâcher. Moi aussi : c'est dans ma voiture, pendant le trajet de l'hôpital à la maison, que je criais ma colère, que je vidais mon angoisse, je priais même, j'en appelais à Marie, à sa compassion de mère souffrante, et à la fin j'implorais Dieu, en pleurant.

Le médecin, une femme, devenue proche au cours des longs mois de la maladie nous avait convoqués, avec Paul. C'était un 9 avril, je n'oublierais jamais la date ni ses paroles : «On n'arrivera plus à le guérir … Je sais, c'est terrible… C'est injuste… On a tout fait, tout ce qu'on pouvait… Il a été si courageux… il faut vous préparer à le laisser partir… profiter de chaque instant… maintenant.» J'entends encore le silence glacé qui a suivi, je revois son regard franc, appuyé, qui allait de l'un à l'autre. Stoïque, je posais mes questions d'une voix blanche «Vous êtes sûre? On ne peut vraiment rien faire? Et la greffe? On abandonne les recherches alors? Comment ça va se passer maintenant? Faut-il compter en jours, en semaines? Peut-on le reprendre à la maison?» Paul, à mes côtés, était comme absent. Avec douceur, elle s'était tournée vers lui : «Qu'est-ce qu'il en dit, le papa?» C'était sûrement à cause du mot *papa,* Paul s'était effondré en sanglots, avec des tremblements de tout le corps. Je l'avais pris dans mes bras, et nous avions pleuré.

Louis est mort le 23. Après, je me demande comment j'ai pu rester debout : pendant des mois j'ai avancé machinalement, chaque matin la mise en route était lente, j'émergeais de ma nuit anesthésiée, j'avais des difficultés à l'allumage, mais mon petit moteur bien huilé, régulier, solide, endurant, me propulsait jusqu'au soir.

Les effluves lourds du gros 4x4 sur ma droite me font tourner la tête. Le conducteur surélevé dans son large fauteuil tout cuir se cure le nez sans complexe, les yeux dans le vide.

À ma gauche, la femme s'est redressée, elle semble calmée. Elle a baissé le pare-soleil et refait son look dans la glace. Avec un mouchoir, elle tamponne ses yeux, se poudre le visage à l'aide d'un large pinceau qu'elle passe sur son front et ses joues puis redessine ses lèvres avec un bâton de gloss.

Ne pas oublier qu'il y a la vie sociale! Le boulot, le regard des autres. D'une certaine façon, ça oblige à avancer. Au début, le chagrin est toléré, les gens sont compatissants, ils sont tellement terrifiés que ça puisse leur arriver! Et puis vous vous rendez compte qu'il a deux catégories : ceux pour qui c'est comme un fait divers vite absorbé par un autre fait divers et ceux qui ne vous voient plus qu'à travers votre malheur. Alors on prend l'habitude de maquiller son chagrin, de le planquer dans un coin. De le réserver à quelques proches, ceux avec lesquels on peut pleurer sans pudeur et sans peur d'être jugé ou étiqueté.

On se raccroche à des phrases toutes faites, des lieux communs qui sont aussi des vérités. La vie continue, c'est vrai, la vie continue! Et elle offre ses trésors à celui qui sait les voir, y compris dans les choses les plus modestes, comme ces tulipes fatiguées sur l'appui de la fenêtre, caressées par un timide rayon de soleil printanier, ou les plus inattendues, comme ce gros bouquet orangé aperçu tout à l'heure dans les remous du Rhône.

TABLE DES MATIÈRES

Je remercie celles et ceux qui m'accompagnent sur le chemin des mots. Sans leurs encouragements et leur bienveillance, ce recueil n'aurait pas vu le jour.

Ma gratitude toute spéciale va à Sophie pour sa relecture, son patient soutien et ses conseils.

WWW.EDITIONSDELAREMANENCE.FR

SUIVEZ-NOUS SUR

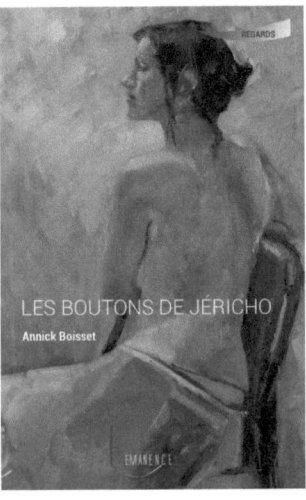 @EditionsdelaRemanence

@ed_remanence

@editionsdelaremanence

@editions-de-la-remanence

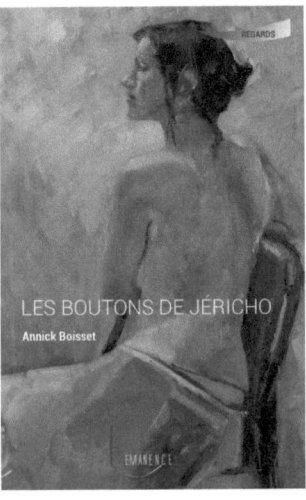

DÉPÔT LÉGAL : NOVEMBRE 2018

IMPRESSION : BOOKS ON DEMAND